義妹が聖女だからと婚約破棄されましたが、私は妖精の愛し子です3

桜井ゆきな

23278

角川ビーンズ文庫

Contents

義妹が聖女だからと
婚約破棄されましたが、
私は妖精の愛し子です
3
人物紹介
ルイス・モーガン
伯爵家長男で、
将来の宰相候補
マーガレット・モーガン
"妖精の愛し子"
妖精に愛され、
会話ができる

キース

マーガレットの元婚約者

シンシア

マーガレットの義理の妹

カナン

マーガレットの元クラスメイト

ソフィア

マーガレットの元クラスメイト

妖精さん達

くっきー

しょこら

みんと

本文イラスト／白谷ゆう

第1章　奇《き》跡《せき》は起きるという希望

(今日はソフィアのおうちー)

(草のお店で僕たちが選んだお土産《みやげ》をもってくのー)

(屋《や》敷《しき》中をはちみつに埋《う》もれさせてベタベタにしてやろうか)

「くっきー、しょこら、みんと、おはよう。今日も元気いっぱいね」

オルタナ帝国《ていこく》から帰国した日から当たり前の日常が戻《もど》ってきた。今日だっていつもと同じ平和な朝だけど、ソフィア様のお屋敷に遊びに行くことを楽しみにしていた妖精《ようせい》さん達はいつも以上に元気に飛び回っていた。楽しそうな妖精さん達を見て、私も朝から元気をもらった気持ちになった。そして、そんな私の気持ちに呼応するようにルイスも隣《となり》で楽しそうに笑った。

「くっきー様、しょこら様、みんと様。おはようございます。皆様《みなさま》の笑顔《えがお》を見ていると僕も元気になります」

(めがねは朝から眼鏡ー)

(元気めがねー)

(めがねは朝でも昼でも夜でも眼鏡だと気づかせてやろうか)

「みんと様。僕が一日中眼鏡であることは僕自身が一番知っています。そして僕はそれを誇《ほこ》りに思っています」

(めがねが得意げー)

(ドヤ顔めがねー)

(むむ。すでに気付いていたとは不覚だったと反省してやろうか)

オルタナ帝国から帰国して一週間。妖精さん達とお話ができるようになったルイスは、彼らにからかわれながらもいつも彼らに対して真面目《まじめ》な回答をしていた。たまにみんとが、その回答にタジタジしているのが可愛《かわい》くて私はそんな様子をいつも楽しく眺《なが》めていた。

「今日は、ソフィア様のお屋敷にオルタナ帝国のお土産を渡《わた》しに行くのですよね？」

妖精さん達に向けていた笑顔のままルイスは優《やさ》しく私に問いかけた。

「ええ。料理長のお店で買ってきたオレンジの蜂蜜《はちみつ》漬けとグリーンソースの詰《つ》め合わせを渡してくるわ」

（オレンジのはちみつ漬けは私の一押しー）

（グリーンソースは僕のおすすめだよー）

（こっそり苦苦《にがにが》ソースの瓶《びん》を交ぜてひーひー言わせてやろうか）

「くっきー、しょこら、みんと。これはソフィア様達へのお土産だからいたずらしたりこっそり食べたりしちゃダメよ？」

（私たちいたずらなんてしないよー）

（ほんの少し舐《な》めるだけー）

（はちみつをこっそり口に含《ふく》んで酔《よ》っ払《ぱら》ってやろうか）

　オルタナ帝国で楽しんだオレンジの蜂蜜漬けとグリーンソースの味を思い出したのか妖精さん達は幸せそうに飛び回った。

「ホワイト男爵《だんしゃく》家の皆《みんな》に、私は無事だったという報告をしてくるわ。それに、シャーロットにずっと私を見守ってくれていた御礼《おれい》を伝えてくるわ」

私の言葉に、ルイスは相変わらず笑顔のままで頷《うなず》いてくれた。

「マーガレット様。本日はお越《こ》しくださいましてありがとうございます」

ホワイト男爵家に到着《とうちゃく》した私をエントランスで迎《むか》えてくれたのは、執事《しつじ》の緑色の瞳《ひとみ》と笑顔だった。その胸元《むなもと》には、変わらずにお母さまの形見のブローチとお揃《そろ》いのタイピンが着けられていた。

「おはようございます。今日もいいお天気ですね」

思わず笑顔で挨拶《あいさつ》を返した私に、執事は少しだけ困ったような顔をした。

……私、何か困らせてしまうようなことをしてしまったかしら？

「マーガレット様。僭越《せんえつ》ながら、執事である私に敬語を使う必要はございません」

執事に言われて、初めて自分が敬語を使っていたことに気がついた。

……私ったら無意識のうちに……。他《ほか》の使用人には敬語なんて使っていないのに、ソフィア様のお屋敷の執事にだけ敬語だなんて不自然だわ……。

「……そうね。ごめんなさい。……おはよう」

慌《あわ》てて取り繕《つくろ》う私に、執事は優しく微笑《ほほえ》んだ。

「マーガレット様。おはようございます」

執事のその一言で、私にとってとても落ち着くその声を聞いて、私の心は温かくなった。

……それは……とても幸福な温《ぬく》もりだった。


「申し訳ございませんが、少々お待ちくださいませ」

応接室に通された私は、執事の案内でソファーに腰《こし》掛《か》けた。テーブルにはすでにアフタヌーンティーのスイーツセットが準備されていた。ソフィア様の様子を見に行くためか執事が応接室から退室した後で、シャーロットがすぐに温かい紅茶をテーブルにセットしてくれた。

「シャーロット。ありがとう」

「マーガレット様。おかえりなさいませ」

心から安心したように笑うシャーロットを見て、私のことを本当に心配してくれていたのだと改めて感じた。

「ソルト王国に帰ってきたらすぐに、シャーロットに御礼が言いたかったの。……まだ幼かった私の好きな食べ物と嫌《きら》いな食べ物を知っていてくれたこと、私を心配してそれをシルバー公《こう》爵家《しゃくけ》の元料理長に託《たく》してくれたこと、本当にありがとう」

私の言葉にシャーロットは目を見開いた。

「そのようなことでマーガレット様から御礼を言われるだなんてとんでもないことでございます。シルバー公爵家から追い出された当時の私には、マーガレット様のために出来ることはそのくらいしかございませんでした」

「それでも、私は料理長からその話を聞いた時には本当に嬉《うれ》しかったの！　シャーロットが、何の力もない幼い私のことを本当に大切に思ってくれていたのだって改めて感じたの」

「マーガレット様にそのように言っていただけて、光栄です」

シャーロットは顔を綻《ほころ》ばせた。

「……ですが……実は、私にマーガレット様のお好きな物やお嫌いな物を教えてくださいましたのは、スカーレット様なのです」

「……お母さまが……？」

「スカーレット様は、毎日マーガレット様がお休みになった後で、とても幸せそうにその日のマーガレット様のお話をしてくださいました。『今日はマーガレットがとても美味《おい》しそうにチキンを食べていたの』『マーガレットはセロリだけこっそりお皿の端《はし》に除《よ》けているのよね』『マーガレットはお庭をお散歩しているだけでとても楽しそうなの』そんな風にいつも慈《いつく》しむようにその日の出来事をお話ししてくださいました。『マーガレットの成長を見守ることが自分自身の幸せなの』と、いつも本当に幸せそうに笑っていらっしゃいました」

「……お母さま……」

私はお母さまからの深い愛情を感じて、とても嬉しくて、だけど切なくなった。

「私は、スカーレット様のことを、月のようなお方だと思っておりました」

遠く想《おも》いを馳《は》せていた私に向かって、シャーロットは懐《なつ》かしむように言葉を紡《つむ》いだ。

「スカーレット様は、お身体《からだ》のこともございましたので……とても儚《はかな》く見えましたが……。体調が芳《かんば》しくないはずの時でさえも、いつも穏《おだ》やかに優しく微笑んでおられました。その微笑みは、周りを照らしてくださるような温かさに溢《あふ》れていました。私はその微笑みを、どんなに暗い夜でも世界を照らしてくれる輝《かがや》く月のようだと思っていたのです」

シャーロットの言葉に、私はお母さまの温かい笑顔《えがお》を思い出した。

「……シルバー公爵家の旦那《だんな》様は、なぜか日常生活の中でスカーレット様を極力避《さ》けておられましたが……。私と同じように、どうしようもなくスカーレット様に惹《ひ》かれていたのではないかと密《ひそ》かに思っていたのです」

「……そんなはずないわ。だってお父様には義母《ぎぼ》とシンシアが……」

「申し訳ございません。余計なことを申し上げました。……ただ私は、旦那様が生前のスカーレット様に向けて、焦《こ》がれるような情熱的な視線を、必死で隠《かく》そうとしているのに抑《おさ》えられずに思わず送ってしまった……そんな視線を、何度も目撃《もくげき》したことがございました。そのような旦那様がどうしてスカーレット様と同じ時期に新しい奥様との間にお子様まで生《な》したのか……。それだけでなくスカーレット様がお亡《な》くなりになった後の旦那様の行動が、私にはどうしても理解できなかったのです……」

シャーロットは申し訳なさそうに顔を伏《ふ》せた。

きっとシャーロットは勘違《かんちが》いをしているのだわ。公爵家のお父様がお母さまを愛していただなんて、そんなことあるはずがないのだもの。

……だって、私はお父様の本当の娘《むすめ》ではないのだから……。

お父様が本当に愛していたのは、援助《えんじょ》のために結婚《けっこん》せざるを得なかったお母さまではなく、義母だったはずだから。だからこそ……お母さまがお亡くなりになった後の行動もきっとお父様にとっては正当なものだったのだわ……。

しばらく二人で無言になってしまった後で、シャーロットはまた昔を思い出すように言葉を繋《つな》いだ。

「スカーレット様はお亡くなりになる数か月前に、とても真剣《しんけん》に、時に幸せそうに、時に苦しそうに、まるで祈《いの》るようにお手紙を書いておられました」

お手紙？　それはきっと十六歳の私と、未来の旦那様に向けたお手紙だわ。

「けれどスカーレット様が書き上げた三通のお手紙は、私が気付いた時には一通になっていました」

「待って。シャーロット。今、三通と言った？　お母さまが遺《のこ》してくださったお手紙は、二通ではなかったの？」

「……いえ？　スカーレット様が封《ふう》をされたお手紙は、確かに三通ございました」

シャーロットが見た三通のお手紙のうち、消えた二通のお手紙はお母さまが妖精《ようせい》さん達に渡《わた》したものできっと間違《まちが》いはないわ。

「受け取っていない残りの一通は一体……」

思わず呟《つぶや》いた私を見て、シャーロットはほっと息を吐《は》いた。

「お手紙はちゃんとマーガレット様の許《もと》に届いていたのですね？」

「ええ。お母さまからのお手紙はちゃんと私の許に届いたわ」

「良かったです。……私は、あのお手紙は時が来たらマーガレット様に届くように、スカーレット様がお屋敷《やしき》のどこかに隠してしまわれたのではないかと思っておりました。……新しい奥様の様子を見てマーガレット様の許にちゃんとお手紙が届くか心配しておりましたが、無事に届いていて本当に安心いたしました」

確かに、もしも妖精さん達が預かってくれていなかったら、お母さまが十六歳の私に向けて書いたお手紙はきっと先にメイド長達に見つけられていたわ。そうしたらきっと義母にそのお手紙は奪《うば》われて、一生私の手元には届かなかったに違いないわ……。

「……一通だけ残ったお手紙は、スカーレット様ご自身がお屋敷の庭園の隅《すみ》でひっそりと燃や

していた

してておられました」

「……えっ？」

「ある日の夕暮れ時にスカーレット様がお部屋にいらっしゃらないことに気付いて捜《さが》していた

私は、庭園の隅でお手紙を燃やすスカーレット様を見つけました。燃えているお手紙を必死で火の中から回収しようとする私を、スカーレット様は穏やかに止めました」

……届かなかった三通目のお手紙は、お母さまご自身が燃やしていた？　どうしてそんなことを？　私は、シャーロットの言葉に理解が追いつかなかった。

「スカーレット様は、ほんの少し悲しそうに、けれどどこかさっぱりとした顔で、このようにおっしゃいました。『この手紙は決して渡すことの許されない人宛《あて》に書いたものだからこれでいいの。きっと私にはもう長くは時間が残されていないと思ったらどうしようもなく苦しくなって、どうしてももう一度だけこの気持ちを伝えたいと願ってしまって、思わず書いてしまったものだから。だからこれでいいの』と」

……きっとそのお手紙は、私の本当のお父さまに、お母さまが人生でただ一人愛した人に、そのたった一人の人に向けて書いたお母さまの人生最期《さいご》のラブレターだったのだわ……。

お手紙を燃やした時のお母さまに思いを馳せて私はそっと目を伏せた。

「マーガレット様。大変お待たせして申し訳ございませんでした」

お母さまのことを思いながらシャーロットの淹《い》れてくれた紅茶を二口飲んだ頃《ころ》に、ソフィア様が応接室にやって来た。ソフィア様と一緒《いっしょ》に応接室に戻《もど》ってきた執事《しつじ》もソフィア様の後ろに控《ひか》えていた。私は、そんな二人に笑顔を向けた。

「ソフィア様。おはよう」

笑顔の私を見たソフィア様は安心したように微笑《ほほえ》んだ。

「マーガレット様がオルタナ帝国《ていこく》から無事に帰国されて安心しました」

お屋敷に着いてすぐに探検をしに出掛《でか》けていた妖精さん達もソフィア様と一緒に応接室に戻ってきていた。

(私たちのお土産《みやげ》渡すのー)

(みんな喜んでくれるかなー)

(喜びが足りなければ辛辛《からから》ソースを足して悶絶《もんぜつ》させてやろうか)

自分達の選んだお土産が喜んでもらえるかウキウキしている妖精さん達に急《せ》かされた私は、料理長のお店の店員さんが箱に入れて可愛《かわい》く包装してくれたお土産をテーブルの上に置いた。

「オルタナ帝国でたまたま入ったお店が、なんと料理長のお店だったの。お土産を買って来たから、もし良ければ皆《みんな》で食べてくれると嬉《うれ》しいわ」

「ありがとうございます！　シルバー公爵《こうしやく》家の元料理長から我が家のシェフ宛にレストラン開店のお手紙をいただいて『いつかぜひオルタナ帝国にお祝いに行きたいね』と皆で話していたんです」

「ソルト王国ではあまり流通していないけれど、オルタナ帝国では蜂蜜《はちみつ》がよく食べられているみたいなの。だからオレンジの蜂蜜漬《づ》けと料理長オリジナルのグリーンソースを買ってきたんだけど……」

「オレンジの蜂蜜漬け？　初めて聞きます！　どんな味なのか食べるのがとっても楽しみです！　甘そうなのでバニラアイスにも合いそうですね！　それにグリーンソースも料理長からのお手紙に自信満々で『絶対にホワイト男爵《だんしやく》家の皆に喜んでもらえる味』と書いてあったので、まさかこんなにすぐに食べられるなんてとっても嬉しいです！　早速《さつそく》今晩シェフに料理してもらいますね」
（私の一押し喜んでもらえたのー）
（僕のおすすめ大好評ー）
（我々のセンスを偽《いつわ》りなしだと認めてくれた御礼《おれい》に、みんと参上とグリーンソースで屋敷中に刻んでやろうか）

とても嬉しそうなソフィア様の笑顔《えがお》と、後ろで控えている執事とシャーロットも嬉しそうに微笑んだのを見た妖精さん達は、自分達のお土産が喜んでもらえたことに大喜びして、盛大にパタパタダンスを踊《おど》りだした。

妖精さん達のダンスを見て思わずほっこりしていた私の目に、一瞬《いっしゅん》表情を曇《くも》らせたソフィア様の顔が映った。

「ソフィア様？……何か心配事が？」

私の問いかけに、ソフィア様は更《さら》に表情を曇らせた。

「……マーガレット様」

何かを言いたそうな、だけどなんとか堪《こら》えるように、ソフィア様は何度か口を開けては息だけを吐き出して閉じることを繰《く》り返していた。こんなソフィア様の様子は出会ってから初めてで、私はとても心配になった。

「……ソフィア様は、先日私に『お友達は、相手のためなら何でもできる』と言ってくれたわよね？」

「はい」

「私もソフィア様と同じよ。ソフィア様は私の大切なお友達だから、困ったことがあればどんなことでも教えてほしいの」

その言葉を聞いたソフィア様は、涙《なみだ》を堪えるように眉《まゆ》を寄せた。

「……マーガレット様にそんな風に言っていただけるだなんて……本当に幸せです……」

ソフィア様はゆっくりと言った後で、深呼吸をしてから話し始めた。

「……実は……スミス伯爵《はくしやく》家のライリー様との、婚約《こんやく》の話が出ているのです」

ソフィア様に婚約のお話が？　それはとても素敵《すてき》なことのように思えるけれど、ソフィア様の暗い表情からそれはソフィア様にとっては決して喜ばしい話ではないのだと分かった。

「ライリー様って、学園時代にキース殿下《でんか》の側近候補だった……騎士《きし》団の……？」

私は記憶《きおく》を辿《たど》った。

「はい……。現在の騎士団長であるスミス伯爵のご子息で、学生時代はずっとキース元殿下の側近候補として仕えていらしたライリー様です……」

「ソフィア様とライリー様は、面識があったの？」

「まさか。身分も違《ちが》いますし、学生時代も全く接点はありませんでした。それが突然《とつぜん》……。マーガレット様に前回ご訪問いただいた直後くらいからなのですが……スミス伯爵家から婚約を結ぶように一方的に命じられている状況《じょうきょう》なのです……」

「一方的に命じられている……？」

そのあまりに不穏《ふおん》な言葉に私は思わず顔をしかめた。

（ライリーやっちゃう？）

（さくっとやっちゃう？）

（とりあえずオレンジに見立ててはちみつと一緒に瓶詰《びんづめ》にしてやろうか）

くっきー、しょこら、みんと。ライリー様をさくっとやっちゃダメよ。ソフィア様の話を聞いてから……場合によっては色々と……考えましょう。

（まだやっちゃだめだってー）

（つまんなーい）

（暇《ひま》つぶしにシェフのところでいたずら祭りを開催《かいさい》してやろうか）

妖精《ようせい》さん達は、むくれながらも楽しそうに厨房《ちゅうぼう》の方へ飛んで行った。

心の中でこれから強制的にいたずら祭りに参加させられてしまうシェフに謝罪しながらも私はソフィア様との会話に集中した。

「一方的に命じられていると言ってしまうと語弊《ごへい》があるかもしれないのですが……。スミス伯爵家とホワイト男爵家では、その……爵位が違いますので……。お父様がなんとか断ろうとはしてくれているのですが、スミス伯爵とは直接話も出来ない状況で、こちらからはお断りすることが難しくて……」

暗い顔をして言葉を紡《つむ》ぐソフィア様を見ていると、とても悲しくて苦しい気持ちになった。

「ライリー様との婚約は、ソフィア様にとって幸せなことではないのね？」

私の質問に対して、ソフィア様はさっきまでの暗いだけの表情ではなくまっすぐな目をして答えた。

「私は、お父様の人を見る目を信じているんです」

「……ソフィア様のお父様の人を見る目……？」

「この屋敷《やしき》で働く使用人は全員、お父様が面接をして採用したんです。前にも少しだけお話ししたかもしれませんが……。お父様は面接の時には経歴などは全然考慮《こうりょ》しなくて、目の前の相手自身を見て人柄《ひとがら》だけで採用を決めているんです。……私は、この屋敷で働く使用人のことが皆大好きなんです。だからお父様の人を見る目は間違いないって信じています」

後ろに控《ひか》えている執事《しつじ》とシャーロットは、私達の会話を聞いている間ずっとソフィア様と同じように暗い顔をしていたけれど、ソフィア様の『大好き』という言葉に、一瞬とても嬉しそうな顔をした。だけど、二人とも次の瞬間《しゅんかん》にはソフィア様を心配する顔になった。

その顔は、使用人というよりは家族のような心からいたわるような心配そうな顔だった。

「……スミス伯爵家から婚約のお話が来た後で、ライリー様がこの屋敷を訪問されたことがあるのですが……その時の態度がとても酷《ひど》くて……。お父様も顔をしかめていました」

「……そんなに酷かったの？」

「『伯爵家の嫡男《ちゃくなん》で次期騎士団長の俺が何のメリットもない男爵家に婚約を申し込んでやって

いるのだから感謝しろ』と、本当にそのままの言葉をお父様や使用人達もいる前で吐《は》き捨てるように言い放ったのです……」

「えっ？」

「……それを聞いた全員が困惑《こんわく》しました……」

「……でも、そんなに酷い態度なのにどうしてライリー様は婚約を申し込んだのかしら……？」

「ライリー様がおっしゃるには、二年前に学園で開催された新入生歓迎《かんげい》のダンスパーティーの際に私のことを見初《みそ》めたと……」

「では、ライリー様はソフィア様のことが二年前からずっと好きなのね？」

「……正直、あの態度を見ていたらとても信じられませんし……。それに……」

ソフィア様はとても言いづらそうに口を噤《つぐ》んだ。

「ソフィア様。どうしたの？　気になることがあるのなら何でも言って？」

そんな風にソフィア様に言葉の続きを促《うなが》した私の耳に届いたのは、想像もしていなかった言葉だった。

「……なぜかライリー様から『マーガレット様に会わせろ』と迫《せま》られているんです……」

「えっ？　私に……？」

「……はい。理由を聞いても『お前なんかが知る必要はない』としか答えていただけないのですが……」

ソフィア様はとても申し訳なさそうな顔をしていた。

私は必死でライリー様との思い出を手繰《たぐ》ろうとしたけれど、思い出せることは何もなかった。

ライリー様はキース殿下の側近候補だったから顔を合わせたことはあったけれど、個人的にお話ししたことはなかったはずだわ。それなのにどうしてライリー様は私と会いたがっているのかしら……。

「これはスミス伯爵家とホワイト男爵《だんしやく》家の問題です。マーガレット様にご迷惑《めいわく》をおかけするつもりはございません。変なことをお話ししてしまってすみませんでした」

思わず考え込んでしまった私に、ソフィア様は精一杯微笑《せいいっぱいほほえ》んだ。だけど、明らかに無理をしているその微笑みはとてもいびつなものだった。そしてそのいびつな微笑みのままソフィア様は言葉を続けた。

「私が、ライリー様に嫁《とつ》げばいいだけなんです。……私さえ我儘《わがまま》を言わずに、スミス伯爵家に嫁げば解決する話なんです」

「「ソフィア様っ！」」

ソフィア様の悲壮《ひそう》な決意を聞いて執事とシャーロットが同時に声を発した。

「……思わずお話を遮《さえぎ》ってしまい、大変失礼いたしました……」

我に返って謝罪した執事に対してソフィア様は、いびつではない優《やさ》しい笑顔《えがお》で微笑んだ。

「大丈夫《だいじょうぶ》。私がライリー様に嫁いだらお父様が養子を迎《むか》えるわ。お父様の人を見る目は確かなんだから、きっと素晴《すば》らしい後継者《こうけいしゃ》がホワイト男爵家を継《つ》いでくれるはずよ。だからマーカスもシャーロットもなにも心配することなんてないわ。安心してずっとこのお屋敷で働いていてね」

そうだわ。ホワイト男爵家にはソフィア様しか跡《あと》取りがいないから、ソフィア様は男爵家を継いでくださる旦那《だんな》様を探していたはずなのに。

スミス伯爵《はくしゃく》家は、ライリー様とソフィア様の婚約《こんやく》を無理矢理《むりやり》結ばせようとしているだけでなく、ホワイト男爵家の跡取りであるソフィア様を、スミス伯爵家に嫁がせようとしているということなの？　あまりのことに私は思わず言葉を失ってしまった。

「ソフィア様。私達が心配しているのは、自分達の処遇《しょぐう》などではありません。私達が心配しているのは、ソフィア様の幸せです」

執事はとても優しい声でまっすぐにソフィア様を見つめて言葉を伝えた。

「私の幸せなんて……」

悲しそうに言葉を紡ぐソフィア様の様子に、執事はたまらずというように言葉を発した。

「ソフィア様。……実は……私には、子どもがいるのです」

突然《とつぜん》の執事の言葉に、ソフィア様もシャーロットもとても驚《おどろ》いていた。ソフィア様は口を「えっ⁉」の形のまま開けて硬直《こうちょく》していたし、シャーロットの顔色は真っ青だった。

……きっと執事……お父さまに娘《むすめ》がいることは今まで誰《だれ》にも言っていなかったのだわ。……だけどどうして急にこのタイミングで？　私が疑問に思っている間にもお父さまは言葉を続けた。

「……私には父親だと名乗ることは生涯《しょうがい》許されませんが、それでもいつもいつでも我が子の笑顔を、幸福を願っています」

お父さまのその言葉は、私の心を明るく、温かく、優しく照らしてくれるようだった。私はそっとお父さまの、本当の家族の、その陽《ひ》だまりような言葉を心の奥でじっくりと噛《か》みしめた。

「そして、同じようにソフィア様の幸せも願っているのです。ソフィア様には一緒《いっしょ》に心から笑えるお方と結ばれてほしいと願っています。どうか『自分が嫁げばいいだけ』などと悲しいことをおっしゃらないでください」

お父さまの言葉は、ソフィア様への深い愛情で満ちていた。

オリバー殿下《でんか》がいらした歓迎パーティーで、私はカナン様の家族への愛情を羨《うらや》ましいと思ったけれど、私だってカナン様と同じだったのだわ。

私が、私のお母さまを愛していると思うのは、ただ血が繋がっていたからという理由だけではなく、私が生まれてからずっと、お母さまが死ぬ最期《さいご》の瞬間まで私の幸せを祈《いの》り続けてくれた愛情を信じられたから。

私が、私のお父さまを大切だと思うのは、ただ血が繋がっているからという理由だけでなく、お母さまがお亡《な》くなりになってもなお何も変わらず愛し続けられる愛情深い方だから。私とソフィア様の幸せを同じように願ってくれる心優しい方だから。

だから私は、血が繋がっているからという理由だけでなく、私のお父さまとお母さまを誇《ほこ》りに思うのだわ。

「私も同じよ。私もソフィア様の幸せを願っているの。ソフィア様の問題なら私の問題だわ。理由は分からないけれど、ライリー様が私と会いたがっているのならいつだってお会いするわ」

私はソフィア様の目を見て微笑んだ。

ソフィア様は、ほんの少し目に涙《なみだ》を浮《う》かべて私を見つめた。

「マーガレット様……。ありがとうございます……」

「だってソフィア様は、私の大切な初めての人間のお友達だもの」

そんな私の言葉にソフィア様より先に答えたのは、いつの間にか厨房《ちゅうぼう》でのいたずら祭りから戻《もど》ってきていた妖精《ようせい》さん達だった。

(私たちがマーガレットの初めてのお友だちだよー)

(人間の中ではソフィアがいちばんー)

（友情とは永遠不滅《ふめつ》であると証明してやろうか）

くっきー、しょこら、みんと。そうね。貴方《あなた》達は私にとって初めてで永遠のお友達だわ。

（えへへーマーガレットのはじめてー）

（僕たちは永遠なのー）

（喜びに打ち震《ふる》えているのだと気づかせてやろうか）

人間の深刻な空気とは裏腹に、ひとしきりシェフにいたずらをして満足したらしい妖精さん達は元気に応接室中を飛び回っていた。

「ライリーがソフィア様に求婚《きゅうこん》ですか？」

ソフィア様のお屋敷《やしき》を訪問した日の夜に、自室のソファーで紅茶を飲みながらルイスに今日の出来事を話したら、ルイスも戸惑《とまど》っていた。

「そうなの。ライリー様はソフィア様のことを二年前の新入生歓迎《かんげい》のダンスパーティーで見初《みそ》めたと言っているそうなのだけど……」

「ライリーとは、当時キース元殿下の側近候補として学園生活で共に行動する時間も長かったのですが……。ライリーがソフィア様に想《おも》いを寄せていたとは、全く気づきませんでした。むしろライリーは……」

「どうかしたの？」

「……いえ……。僕は恋愛《れんあい》に疎《うと》いのできっと当たっていないと思います」

「ルイスが恋愛に疎いことは知っているわ」

「マーガレットにそこまで即答《そくとう》できっぱりと肯定《こうてい》されてしまうとさすがに傷つきます」

「あっ。ごめんなさい……。えっと……ルイスが恋愛小説を読んだことがないことは知っているけれど……」

「言い換《か》えても同じです」

拗《す》ねるように言うルイスが可愛《かわい》くて私は思わず笑ってしまい、そんな私を見てルイスも笑った。二人で目を合わせて笑いあった後で、ルイスは静かに言葉を吐《は》き出した。

「ライリーは、シンシア様からいただいたクッキーを毎回とても嬉《うれ》しそうに食べていました」

「……シンシアがクッキー……？」

「キース元殿下達と一緒に昼食を食べている時に、持参したクッキーをシンシア様の手作りだと言ってたまに皆《みんな》に渡《わた》していたのです」

ルイスの言葉に私は首を傾《かし》げた。

「シンシアが料理をしているところなんて見たことがないわ」

そんな私の疑問に答えるようにルイスは自信満々に言った。

「あのクッキーは、シルバー公爵《こうしゃく》家の元料理長の手作りでした」

「どうしてルイスがそんなこと……」

「シンシア様からいただいたクッキーには、通常のクッキーよりも滑《なめ》らかさがありました。僕はあのクッキーには、生クリームか牛乳か何らかの乳系の材料が通常よりも多めに入れられているのだと推察していました。先日オルタナ帝国《ていこく》のガーデン・レストランで食したショコラミントクッキーには、シンシア様からいただいたクッキーと同じ滑らかさがありました。そして添《そ》えられていたバニラアイスを食べた僕は答えを見つけたのです。シンシア様のクッキーにはバニラアイスが使われていたのだ、と」

シンシアのクッキーの秘密について熱く語っている間に、ルイスの眼鏡は妖精さん達に曇《くも》らされたうえにずらされていた。そんな眼鏡のまま、それでもルイスは真剣《しんけん》に語り続けた。私はその勢いに圧倒《あっとう》されて、思わずしばらく話を聞き続けてしまった。

「ルイス……。一体何の話を……」

「ソフィア様からいただいたショコラミントクッキーにはあの滑らかさはなかったので、バニラアイスを加えるというのは元料理長のオリジナルだったのですね」

「ルイス。落ち着いて。曇った眼鏡もずれているし、一体何の話を……」

私の言葉にルイスは我に返って、慌《あわ》てて眼鏡を拭《ふ》き拭きした後でくいっと元の位置に戻した。

「失礼しました。要するにシンシア様は、元料理長に作っていただいたクッキーを自分の手作りだと宣言して僕達に配っていたのだと思います」

それはありえるというか、シンシアがクッキーを手作りしていたというよりもよっぽど納得《なっとく》できるわ。

「……だけど……。いくらなんでもキース殿下《でんか》が手作りのお菓子《かし》なんて……」

「……キース元殿下は、シンシア様からクッキーを手渡《てわた》されると真っ先に召《め》し上がって『今まで食べたクッキーの中で一番美味《おい》しいよ』と笑っておられました」

ほんの少し気まずそうにルイスは言った。

第一王子であるキース殿下が、いくら相手が公爵令嬢《こうしやくれいじよう》だとしても差し入れされた手作りのクッキーを何の警戒《けいかい》もなく真っ先に食べるだなんて……。

「だけど、それとライリー様に何の関係が……？」

「すみません。シンシア様のクッキーが元料理長の手作りだったことと、隠《かく》し味がバニラアイスだったことは僕の分析《ぶんせき》の成果を伝えたかっただけなので、ライリーとは関係ありません」

「……でしょうね」

「ただ僕の目には、ライリーがシンシア様からいただいたクッキーを、まるで恋人《こいびと》からのプレゼントのように大切に扱《あつか》っているように映っていたのです」

「……それは……」

「それが未来の王妃《おうひ》であるマーガレットの異母妹《いもうと》からの差し入れだから大切に扱っていたのか、シンシア様自身を大切に思っていたのか僕には判断がつきませんでした」

「……ライリー様がシンシアを……。キース殿下は、そんなライリー様の様子を見てどんな反応をしていたの？」

「……キース元殿下は、シンシア様に夢中でライリーの様子など目に入っていないようでした」

なんだか学生時代の話を聞けば聞くほどキース殿下って……。元婚約者《こんやく》であるキース殿下のとても第一王子とは思えない対応を改めて知った私は、思わず遠い目をしてしまった。

キース殿下は、王子としてはオルタナ帝国のオリバー殿下も完璧《かんぺき》だったと認めるほどとても優秀《ゆうしゅう》な方だったのに、どうしてシンシアに関してだけはそんなにも愚直《ぐちょく》になってしまっていたのかしら……。

「だけど、もしルイスのその推測が当たっているのだとしたら……。ライリー様が二年前のダンスパーティーの時からソフィア様を想っていたという話は……」

「嘘《うそ》……ということになりますね」

「ソフィア様は、『もしライリー様のその話が真実ならこの婚約ももう少し前向きにとらえられるのに』と言っていたの」

ソフィア様のことを考えて私は胸が苦しくなった。

「ライリー様の言葉が真実か確かめられる方法はないかしら……」

『そんな方法なんてあるわけがない』と思いながらもため息交じりに呟《つぶや》いた言葉に、驚《おどろ》くほどの速さで回答が返ってきた。

（あるよー）

（二年前に戻《もど》ればいいんだよー）

（あの夜に連れて行ってやろうか）

「くっきー、しょこら、みんと。どういうこと？　二年前のダンスパーティーの夜に戻れるの？」

（戻るだけならできるのー）

（過去の人間には僕たちをみることはできないけどー）

（いくら戻っても過去は変えられないのだと非情な現実を伝えてやろうか）

「つまり過去は変えられないし、当時の皆様《みなさま》に私達の姿も見えないけれど、二年前のパーティーの夜に戻って過去の出来事を見ることはできるということかしら？」

（そうだよー）

（僕たちすごいのーえっへん）

（過去に戻ってもクソ王子に髪《かみ》が薄《うす》くなるおまじないの重ね掛《が》けが出来ないのが無念だ）

二年前の新入生歓迎《かんげい》のダンスパーティーの夜の出来事を見ることができるのなら、ソフィア様を見初《みそ》めたというライリー様の言葉が真実か確認《かくにん》することができるかもしれないわ。……だけど……。

「マーガレット？」

考え込む私の顔をルイスが心配そうに覗《のぞ》き込んだ。

「……本来なら決して自分が見ることのなかった光景を、過去に戻って後からこっそり覗くのは……ずるいのではないかしら？」

「もしもそれが自分自身の利益のためならそうかもしれませんね」

ルイスは、私の目をしっかりと見つめて言葉を伝えてくれた。

「ですがマーガレットが過去に戻りたいと思うのは、自分自身のためではなく、親友であるソフィア様の幸せのためでしょう？　僕は、そのことをずるいだなんて決して思いません」

こんな風に、ルイスはいつだって私を肯定《こうてい》してくれる。私の行動を。私自身を。ルイスのその肯定を、私はいつだって心から嬉《うれ》しいと思うの。

「ルイス。ありがとう」

ルイスに心からの感謝を伝えた。そんな私の目をルイスはまっすぐに見つめた。

「二年前の僕は、あのダンスパーティーの時には、まさかマーガレットと結婚《けっこん》できるなんて、二年後にこんなにも幸せな未来を迎《むか》えることができるなんて想像もしていませんでした」

そう言ってルイスは、そっと私を抱《だ》きしめた。その温かい温《ぬく》もりをずっと感じていたいと、そう思っていた私の耳に妖精《ようせい》さん達の声が響《ひび》いた。

（めがねってばやるー）

（マーガレットとめがねがラブラブしてるー）

（はっ破廉恥《はれんち》だと目を逸《そ》らしてやろうか）

「すみません。目を潤《うる》ませて僕を見つめるマーガレットがあまりに愛《いと》しくて、理性が保てず皆様の前でお恥《は》ずかしい行動をしてしまいました」

妖精さん達に囃《はや》し立てられたルイスは、顔を真っ赤にして恥ずかしそうに謝罪した。

ルイスのそんな謝罪さえも愛しいと感じた。私だって同じなの。あの時にはまさかこんな幸せな未来が来るだなんて思ってもいなかった。二年後にこんなに幸せで愛しい未来が来るだなんて……。

「くっきー、しょこら、みんと。私を二年前の新入生歓迎ダンスパーティーの夜に連れて行ってくれる？」

(わ～いマーガレットと過去にお出かけー)

(僕たちも一緒《いっしょ》に過去に戻るのー)

(過去ではシンシアの炭酸を三十倍に出来ないことが無念だから今やってきてやろうか)

こうして私は、まだキース殿下の婚約者だった二年前の夜に帰ることを決意した。

「マーガレット様。また呼び出してしまってごめんね」

オルタナ帝国《ていこく》から戻ってきて少し経《た》った頃《ころ》レオナルド殿下《でんか》から先触《さきぶ》れをいただいていたルイ

スと私は、レオナルド殿下の執務室《しつむ》を訪《おとず》れていた。私とルイスの前には、レオナルド殿下の婚約者であるアリス様のお好きな銘柄《めいがら》の紅茶と、王妃《おうひ》様おすすめだというスイーツが置かれていた。

(レオに会いたかったのー)

私がレオナルド殿下に答えるよりも先に、くっきーが嬉しそうにレオナルド殿下の周りを飛び回った。

「くっきー。ありがとう。僕もまた皆《みんな》と会えてうれしいよ」

(オルタナ帝国で大活躍《だいかつやく》した僕もいるよー)

「しょこらもありがとう。オルタナ帝国での大活躍はすごかったね」

(再会の喜びに王宮をシャンパンでひたひたにしてやろうか)

「みんとも喜んでくれて嬉しいよ。でも片づけをする使用人達が大変だから、シャンパンは僕が学園を卒業してお酒が飲めるようになるまで待っていてくれるかな？　オルタナ帝国から蜂《はち》蜜《みつ》を取り寄せるから一緒に乾杯《かんぱい》しよう」

（レオと一緒に乾杯ー？　楽しみなのー）

（僕たちもはちみつで乾杯したいのー）

（あと二年待ちわびてやろうか）

レオナルド殿下とたくさんお話をして、一緒に乾杯をする約束もして上機嫌《じょうきげん》になった妖精さん達は、いつもみたいに楽しそうに王宮の探検に出掛《でか》けて行った。

「今日来てもらったのは、マーガレット様にお願いがあるからなんだ」

「私にお願い……ですか？」

レオナルド殿下からお願いされるようなことなんて全く心当たりがなくて私は首を傾《かし》げた。

隣《となり》に座るルイスを見ると平然としているから、きっとルイスは事前にレオナルド殿下から詳細《しょうさい》を聞いているのね。

「実は、ソルト王国で年に一度開催《かいさい》されている『聖女の儀式《ぎしき》』の日に、これからはフェスティバルもあわせて開催することになったんだ」

「……フェスティバル……ですか？」

「『聖女の儀式』はソルト王国民の義務であり、ソルト王国の年に一度の一大イベントでもあるけれど、平民にとっては、ただ儀式が開催されているだけだよね？　だから『聖女の儀式』が実施《じっし》される王都の中心の教会近くの広場を装飾《そうしょく》して、誰《だれ》でも屋台や出店が出せるようにして国民が楽しめるようなフェスティバルを計画しているんだ」

レオナルド殿下は目をキラキラとさせて語った。

「広場の装飾作業は貧しい労働者を優先的に採用して働いていただいています。出店では養護院で作ったお菓子《かし》等を売る予定です。貴族からもいらなくなった衣服等を集めています。働きにでられない子連れの女性労働者を優先的に採用して、それらをタオルやシンプルな平民向けの衣服に加工しフェスティバルで配る予定で準備が進んでいます」

レオナルド殿下の言葉を補足するようにルイスが言葉を紡《つむ》いだ。

「国民の皆様《みなさま》を潤《うるお》すための催《もよお》しなのですね」

私はレオナルド殿下のその行動力に改めて感心させられた。言葉にするのはきっと簡単だろうけど、それを立案して実現するためにどれほどの苦労をされたことだろう。しかもレオナルド殿下は王太子に任命されたばかりのまだ十四歳なのに。

「それで、私にお願いというのは?」

フェスティバルはとても素晴《すば》らしいイベントだと思ったけれど、それとレオナルド殿下から私へのお願いが結びつかなかった。養護院でのお菓子作りの準備とか? あるいはタオルや衣服への加工のお手伝い？ フェスティバル当日に販売等のお手伝いもありえるかしら？

「当日は、広場にある舞台《ぶたい》も予約制で貸し出しをする予定なんだ。たとえば歌手になりたい人間は自分の歌を披露《ひろう》したり、ダンスが得意な人間はダンスを披露する機会を与《あた》えたいんだ」

世の中には才能があってもそれに気づいてもらえない人間もきっとたくさんいるから、誰かに見ていただけるチャンスがあることはきっととても素晴らしいことだわ。だけど、それと私と何か関係があるのかしら?

「マーガレット様には、フェスティバルの最後にその舞台でスピーチをしてほしいと考えているんだ」

そんなレオナルド殿下の言葉に、私は困惑《こんわく》した。

「……スピーチ……ですか？　……私が？　一体何の……？」

「何でもいいよ。マーガレット様が思っていることを自由に話してほしい」

「……レオナルド殿下。……私は、自分が妖精《ようせい》の愛《いと》し子であることを国民の皆様に明かす意思はありません。……伯爵嫡子《はくしゃくちゃくし》の妻にすぎない私がそのような大切なイベントで最後に挨拶《あいさつ》をするなどと……」

「もちろんマーガレット様を聖女だと公表するなんてことはしないよ。『聖女の儀式』でマーガレット様が手をかざしても『聖なる水晶《すいしょう》』は光らなかった。それは揺《ゆ》るぎない事実だから」

レオナルド殿下は、その澄《す》み切った青い瞳《ひとみ》でまっすぐに私の目を見て言葉を続けた。

「だけどルイスとマーガレット様の結婚《けっこん》式の日に、マーガレットの花びらが空から舞《ま》い落ちるという奇跡《きせき》が起きたことは、ソルト王国民の誰もが知る、これも揺るぎない事実だよね？」

「……それは……」

「自分が何を信じるかを強制することなんて誰にも、国王にだってできないから。国から正式に公表されていることと、国民が信じているものが必ずしも一致《いっち》しているとは限らないよね？」

「……」

「マーガレット様が生まれた十七年前からソルト王国はとても恵《めぐ》まれていた。それまで以上に国は豊かになった。だけどそれでも貧富の差はあるし病気になる人間だっている。それに……どんなに国が豊かだとしても、心の貧しい人間に苦しめられている誰かは必ずどこかに存在している」

レオナルド殿下の言葉に私は過去の自分を思い出した。公爵《こうしやく》家の娘として生まれたことで、何不自由なくとても恵まれた生活を送れたはずの私は、実際には義母やシンシアに虐《しいた》げられて物理的にも精神的にも決して豊かとは言えない生活をしていた。

国が豊かだからと言って国民全員の生活が、その心が、満たされているとは限らないのだわ。

「そういう人間にとってマーガレット様の結婚式での出来事は希望になったと思うんだ」

「……えっ？」

「世界中で起きたあのマーガレットの花びらの奇跡は、たとえば当時この国よりももっと深刻な状況《じようきよう》だったオルタナ帝国《ていこく》では数えきれないほどの人間の命を救ったと思うよ。だけどそれは、ただ薬や、パンや、金貨を与えられたからという物理的な話だけではなく、奇跡が起きたという精神的な希望によって」

「……希望……ですか？」

「奇跡は起きるという希望。マーガレット様の存在は、たとえ聖女だと公表されていなくても、それだけで誰かの希望になると考えているんだ」

私の存在が誰かの希望になる……。そんなこと考えたこともなかった……。

「突然《とつぜん》の話で驚《おどろ》かせてごめんね。『聖女の儀式』まではあと三か月あるから、ゆっくり考えて答えを聞かせてほしいんだ」

レオナルド殿下《でんか》は、私の目を見て優《やさ》しく言った。

「……レオナルド殿下は、ソルト王国の王太子殿下として私に命令をすることだって出来るのに、私に考える権利をくださるのですか？」

思わず聞いてしまった。だって、聖女という存在がいることはソルト王国にとってメリットでしかないはずだわ。それなのに、レオナルド殿下は今まで一度だって私を利用しようとしなかった。今回だってきっと、私が断れば無理《むり》強《じ》いなんてしないのだと、そう感じたから。

「マーガレット様が聖女でも聖女でなかったとしても、ソルト王国の大切な国民であることに変わりはないでしょ？　僕は、国民に命令なんてしないよ。たとえどんな答えだとしても、僕はルイスとマーガレット様が決めた選択《せんたく》を尊重するよ」

王宮を出て、モーガン伯爵家に帰る馬車の中でも私の頭の中にはずっと先ほどのレオナルド殿下の言葉が巡《めぐ》っていた。

「マーガレット。すぐに答えは出せないと思います。ゆっくりと考えてください」

隣に座っていたルイスが、そっと私の手を握《にぎ》った。

「……私には、この国で『聖女』などと呼ばれる資格はないの……」

「資格……ですか？　聖女様になるために資格なんて必要ないですよね？」

「……えっ？」

「妖精様達に愛されている、それこそが聖女様である証《あかし》ですから」

「……だけど……私は……」

私は、本当の意味でこの国の人間ではないのに。

「マーガレットが聖女様でも聖女様でなくても、僕がマーガレットを愛しいと思う気持ちに変わりはありません。だからマーガレットが精一杯《せいいっぱい》考えて出した答えであれば、僕はその答えを信じます。……ただし、もしマーガレットが過《あやま》ちを犯《おか》しそうになった時には僕が全力で止めます。なのでマーガレットは安心して自分自身が納得《なっとく》のできる答えを探してください」

「ねぇ、ルイス。たとえば……たとえばもしも……。私が……私が、公爵令嬢でなかったとしても……ルイスはそれでも私を……」

必死で絞《しぼ》りだした言葉に、ルイスは私の手をさっきまでよりも強く握ることで答えた。

「何も変わりませんよ。マーガレットがマーガレットなら。貴女《あなた》が公爵令嬢でなくても、聖女様であっても、僕の貴女に対する気持ちは変わりません」

そう。……そうなのね。

『妖精の愛し子だからではなく、マーガレット自身を見つめて、愛してくれる人』

お母さまのその言葉を、私はずっと、私が特別な存在でなくても愛してくれる人のことだと、そう思っていた。妖精さん達の力が目当てではなく、何の力もない私でも変わらず愛してくれる人のことだと。だけど、きっとお母さまの言葉には違《ちが》う意味も含《ふく》まれていたのだわ。

私が妖精の愛し子という特別な存在でなくても愛してくれる人は、きっと私が本当は公爵家の娘《むすめ》でなくても愛してくれる人だから。

私が世間からしたら蔑《さげす》まれるような立場だったとしても変わらずに愛してくれる人。きっとお母さまは、そんな人に私が出会えることを願ってあの言葉を言ってくださったのだわ。……私の出生の秘密を知っても、それでもなお私を愛してくれる人。そんな人に出会えるようにという願いを込めて。

「ありがとう。ルイス。これからしっかりと考えて答えを出すわ」

（めがねとマーガレットがまたラブラブしてるー）
（めがねってばマーガレットのこと好きすぎー）
（生意気めがねの眼鏡にはひびを入れてやろうか）

モーガン伯爵家《はくしやく》に着くまでの間、妖精《ようせい》さん達からどんなにからかわれても、眼鏡にひびを入れられそうになっても、ルイスは私の手を離《はな》さなかった。私はその手の温《ぬく》もりをただただ心地《ここち》よく感じていた。

第２章　切ない過去と揺《ゆ》るぎない未来

「マーガレット。僕とデートをしませんか？」

ルイスのお父様とお母様もいるディナーの席で、何の前触《まえぶ》れもなくルイスがほんの少し顔を赤くしながら言った。あまりに唐突《とうとつ》すぎるデートのお誘《さそ》いに驚いた私は、思わずオニオングラタンスープを掬《すく》っていたスプーンを落としてしまいそうになった。

「ルイス？　突然どうしたの？」

「次の僕の休暇《きゅうか》に、マーガレットと久しぶりに王立図書館に行きたいのです」

「……お馴染《なじ》みの王立図書館ね。それはデート……なのかしら？」

「僕達は夫婦《ふうふ》とはいえ男女なので、一緒《いっしょ》に外出することをデートと言うのではないですか？」

「……言葉の定義はそうだったわよね」

「では僕とデートをしてくれますか？」

「ありがとう。私ももちろんルイスとデートが出来たら嬉《うれ》しいわ」

あまりにルイスが真面目《まじめ》に誘ってくれるので、私も真面目に答えた。

「ルイスってばデートに誘うのが苦手なところも貴方《あなた》にそっくりね」

ワインを飲みながら私達を見守っていたルイスのお母様がからかうようにルイス父子に笑いかけた。息子《むすこ》が妻をデートに誘っている姿を見ないように気を遣《つか》ってひたすらワインを飲んでいたルイスのお父様は、突然矛先《とつぜんほこさき》を向けられて硬直《こうちょく》していた。……ルイスがデートに誘うのが苦手なところはお父様似だったのね。

「王立図書館は久しぶりで、ついゆっくりしてしまったわね」

ルイスとのデートの当日、ついつい王立図書館で思い思いの時間を過ごしすぎてしまった私達は、夕暮れの中でのんびり庭園を散歩していた。

学生時代のルイスとの思い出はそのほとんどが図書館だった。出会った最初の頃《ころ》は、とても失礼な物言いをする人だと思っていた。たくさん話をしていく中で、真面目で自分の考えをしっかりと持っていて、そしてそれをちゃんと私に話してくれる人だと思った。婚約《こんやく》をして長い時間を一緒に過ごす中で、その真面目さは変わらなかったけれど精一杯に私を愛してくれる人だと思った。結婚《けっこん》をして一緒に生活をしていく中で、色々なことはあるけれどそれでも日々愛しいという気持ちが増していた。

どんなに時が経《た》っても、出会ってからずっと本を読む時のルイスの真剣《しんけん》な顔はいつだって変わらなかった。だけど、私がそっと本から目を離《はな》してルイスを見つめる時間は、ルイスと過ごす時間が増えるのに比例して長くなっていた。そして、ルイスがそっと本から視線をあげて私に微笑《ほほえ》む時間も長くなっていた。その些細《ささい》な変化がずっと続いていくことこそが、その些細な変化さえも気付いて愛しいと思うことこそが、愛情なのだと思う。

そろそろディナーの時間だからもう帰らなくちゃいけない時間だけど。……もう少し二人でこうしてゆっくりと時間を過ごしたいわ。妖精さん達は、今日は王宮でレオナルド殿下《でんか》と遊ぶのだと張り切って朝から出掛《でか》けて行った。正真正銘《しょうしんしょうめい》ルイスと二人きりのデートだったから、とても新鮮《しんせん》な気持ちなの。

「帰るのは少し遅《おそ》くなってしまうかもしれないけれど、久しぶりに、初デートの時にルイスが連れて行ってくれたお店でお茶でもしない？」

思わず照れてしまいながら自分からルイスをお茶に誘ったけれど、ルイスは困ったような顔をした。

「すみません。お茶は今度にさせていただけないでしょうか？」

「あっ。そうよね。もう帰らないといけないものね。我儘《わがまま》を言ってしまってごめんなさい」

ルイスからお茶を断られて、私は顔には出さなかったけれど、もうすぐルイスとのデートが終わってしまうのだと悲しい気持ちになった。

「いえ。帰る時間はまだ大丈夫《だいじょうぶ》なのですが、僕にはモンブランを食べた後でディナーを食べきれる自信がないのです」

ルイスが申し訳なさそうに言った。

「ディナーなら、またシェフにお願いして量を調整してもらえばいいんじゃない？」

今までにもルイスが仕事の関係で軽食をとってしまった時や、私の体調が優《すぐ》れない時などはシェフにお願いして量を調整してもらったことがあった。それで余った分は使用人達の賄《まかな》いに回してもらっているのよね。

「今日はレストランのコースなので量の調整は出来ないかもしれません」

「……レストラン……？」

「はい。今日はディナーの準備は不要ですとシェフには伝えてあります」

「マーガレットを驚《おどろ》かせようと思って密《ひそ》かにレストランの予約をしているのです」

「そうなの？」

「……今聞いてしまったけれど……」

私の言葉にルイスは分かりやすく動揺《どうよう》していた。……これは、ついうっかりレストランの予約のことを話してしまったことを後悔《こうかい》している顔ね……。

「マーガレット。どうか聞かなかったことにしてもらえないでしょうか？」

思いっきり聞いてしまったのにいくらなんでも聞かなかったことにするだなんてさすがに無理があるわ……と思いながらも、あまりに真剣なルイスの勢いに私は思わず頷《うなず》いてしまった。

「良かったです」

心から安心したようにルイスが息を吐《は》いた。それから気を取り直してまっすぐに私を見た。

「ではこれから一緒に行きたい場所があるのですが、ついてきてくれますか？」

「ええ。もちろん」

ルイスが私を連れてきてくれたのは、王立図書館から馬車で二十分程《ほど》の場所にある隠《かく》れ家のようなひっそりとした外観のレストランだった。

「……ここにも下見にきたの？」

初デートの前にはルイスが事前にすべての場所を下見してくれていたことを思い出して私は

聞いた。

「いいえ。僕とマーガレットにとって初めての場所を、一緒に初めて楽しみたいと思ったので今回は下見はしていません」

まっすぐに私を見て言うルイスの瞳《ひとみ》に照れて、私は自分の頰《ほお》が熱くなるのを感じた。

「料理はコースで予約しています。……飲み物は、白ワインをボトルで頼《たの》んでも良いですか？」

ルイスの提案に私は驚いた。確かに先日オルタナ帝国《ていこく》ではシャンパンをボトルで飲んだけれど……。あの時はしょこらもいたし……私達二人で白ワインを飲み切れるかしら？　と少し不安に思いながらも私は頷いた。

「ありがとう。ルイスに任せるわ。だけど、ルイスの酔《よ》い覚《ざ》まし用のミネラルウォーターも頼みましょう」

私の言葉にルイスは、ほんの少しはにかんだ。

「飲みすぎには注意します」

ルイスが『予約の通りでお願いします』とウエイターさんに声を掛《か》けたので、白ワインも予約をしていたのかしら？　と疑問に思っている間にも、白ワインのボトルが運ばれてきた。

二人で乾杯《かんぱい》をして飲んだ白ワインはほどよく冷えていて、一口含《ふく》んだ瞬間《しゅんかん》に果実味が口の中に広がり、今まで飲んだ中で一番美味《おい》しかった。

「とっても美味しいわ！」

ワインはもちろん、次々と運ばれてくるお料理も、前菜からデザートまでが不思議なことにすべてその白ワインととてもよく合った。すべてがとても美味しくて、私は一口飲んだり、食べたりするたびに感動した。

「マーガレットに喜んでいただけて嬉しいです」

「こんなに素敵《すてき》なお店、どうやって知ったの？」

「両親に聞きました」

「ルイスのお父様とお母様に？」

「はい。結婚記念日に毎年行くレストランはどこが良いかと」

「……結婚記念日？」

「僕達が結婚式を挙げてちょうど今日で丸一年なので、マーガレットと一緒《いっしょ》に記念日のお祝いをしたいと思っていたのです」

ルイスの言葉に私は顔から血の気が引いていくのを感じた。

「……私……。こんなに大切な日だって気づいてなくて……。本当にごめんなさい」

私は、オルタナ帝国のことやソフィア様のこと、それにスピーチのことがあってルイスとの大切な記念日を忘れてしまっていた。ルイスはしっかりと覚えていてくれて、素敵なレストランを調べて予約までしてくれていたのに……。

「いいんです。記念日はこれからも僕が覚えています。僕がしたことでマーガレットが喜んでくれることが嬉《うれ》しいのです」

ルイスはなんでもないことのように言った。

「ルイス。ありがとう。……それに、もしかして最近お休みのはずの日にも出勤していたのは……」

「どうしても今日という日にお休みをとりたくて」

私との記念日をこんなに大切にしてくれていたなんて……。

「……ありがとう。これからは私も絶対に忘れたりなんかしないわ」

「僕は、マーガレットと一緒に過ごせるだけで幸せなんです」

ルイスは白ワインで赤くなった顔を更《さら》に赤くして優《やさ》しく微笑《ほほえ》んだ。

「マーガレット。両親が僕達にこのレストランを薦《すす》めてくれたのは雰囲気《ふんいき》や味ももちろんなのですが、一番の決め手は、予約が一年先まで出来るところなんです」

「……一年先まで？」

「はい。両親は、毎年記念日にこのレストランでディナーをした後で、次の年の予約もして帰るのだと教えてくれました」

「次の年の予約をもうするの？」

「はい。絶対に来年も一緒に過ごせるという信頼《しんらい》があるから出来るのだと思います」

「とても素敵ね。ルイスのお父様とお母様はとても仲良しだものね」

「マーガレット。僕達も今日、来年のディナーの予約をしていきませんか？」

ルイスはそう言って、どこか緊張《きんちょう》したような真剣《しんけん》な顔をした。

「ありがとう。とても素敵な結婚《けっこん》記念日だわ。ぜひ来年もこうやってこの場所で、何よりもルイスと一緒に過ごしたいわ」

私の返事にルイスはとても嬉しそうに微笑んだ。

「では、結婚した年のワインも予約しますね」

「……ワイン？」

「はい。このレストランでは事前に予約しておくと、そのワインに合わせたコース料理を提供してくれるのです」

「……だからどのお料理ともワインの相性《あいしょう》が良かったのね」


「今年予約していたのは去年製造されたワインです。これから一年ごとに時を重ねたワインがどんな風に変わっていくのか楽しみですね」


私との未来を想像して顔を綻《ほころ》ばせるルイスが愛《いと》しかった。

来年も、その先もずっとルイスと大切な記念日をこうやって楽しく過ごせたら、それだけで私はとても幸せだと思う。ルイスは必ず約束を守ってくれる。

その信頼で、これからの未来が揺《ゆ》るぎなく幸せなものに思えて、これから続く未来を信じられる喜びを私はそっと噛《か》みしめた。

くっきー、しょこら、みんとに過去に連れてきてもらった私は、二年前の新入生歓迎《かんげい》パーティーの会場にいた。

（マーガレットが私たちとお揃《そろ》いなのー）

（一緒にパタパタダンスするー？）

（羽の生えたマーガレットも可愛《かわい》いのだと、こっ告白をしてやろうか）

驚《おどろ》いたことに過去に戻《もど》った私は、なんと妖精《ようせい》さん達と同じサイズになっていて、背中に羽まで生えて自由に飛び回れるようになっていた。

すごいわ！　皆《みんな》と一緒に飛ぶことができる日がくるなんて……。

妖精さん達と同じ大きさで、羽の生えた妖精さん達とお揃いの姿になって飛んでいる事実に思わず感激している私を見て、妖精さん達もとても楽しそうだった。

（過去の私たちがいるよー）

（この日もいっぱいいたずらして楽しかったねー）

(現在に戻ってから実行するいたずらを考えながら今日もたくさん冒険《ぼうけん》してやろうか)

妖精さん達の視線の先では、過去の妖精さん達がダンスホールをパタパタと楽しそうに飛んでいた。彼らが言っていた通り過去の妖精さん達にもここにいる私達の姿は見えていないのね。妖精さん達が二人ずつ存在して近くでパタパタ飛んでいるだなんてとても不思議な気分だわ。

私は、妖精さん達と同じように羽をパタパタと動かして会場高くまで飛んでみた。なんて気持ちが良《い》いのかしら！　会場全体が見渡《みわた》せてとても楽しいわ。きっと妖精さん達はいつもこんな気持ちなのね。自由に飛び回る彼らの気持ちを想像して、ほっこりしながらも私は懐《なつ》かしいパーティー会場を見渡した。

騎士《きし》団長のご子息であるライリー様は、もともと背が高くて体格もとても良かったため、私はすぐに彼を見つけることが出来た。ライリー様は周りの和《なご》やかな雰囲気とは対照的に、一人で睨《にら》みつけるようにパーティー会場の入口を見つめていた。

そういえば、宰相《さいしょう》子息で婚約《こんやく》者がいないルイスについては『婚約者に立候補したい』と女性達の話題によく上っていたことは、クラスの皆様《みなさま》とあまり交流のなかった私でさえも知っていたわ。だけど、同じように騎士団長のご子息で婚約者のいないライリー様の話題は聞いたことがなかった。……なぜかしら？

私がそんなことを考えている間にもライリー様が見つめる先に、満面の笑《え》みでキース殿下《でんか》にエスコートされたシンシアが登場した。ライリー様は、シンシアを見てもその険しい表情を崩《くず》すことはなかった。私はその様子にほんの少し安堵《あんど》した。

良かった。シンシアとライリー様はこれが初対面のはずだけれど、どうやらライリー様がシンシアに一目ぼれしたということはなさそうだわ。

「シンシア。ファーストダンスは婚約者の義務としてマーガレットと踊《おど》らなくてはいけないけれど……。待っていてくれるかい？」

エスコートを終えた後で、キース殿下は申し訳なさそうにシンシアに告げた。

「キース様。もちろんです。私はキース様をいつまでも待っています」

シンシアはその瞳《ひとみ》をうるうると潤《うる》ませてキース殿下を見上げた。キース殿下はそんなシンシアの答えに嬉しそうに微笑んで、名残惜《なごりお》しそうにシンシアの側《そば》から離《はな》れて行った。

キース殿下が私とのダンスを義務のように思っていたことはさすがに気付いていたけれど、実際にシンシアにそんな風に断言されているところはいくらなんでも初めて見たわ。『キース殿下を支えてソルト王国を発展させていきたい』と努力していた当時の自分を思って、さすがに少し悲しくなった。

シンシアを背にして、ほんの少し憂鬱《ゆううつ》そうにキース殿下が向かうその先には、とても不思議な気分だけど、キース殿下から贈《おく》られた青いドレスを着た過去の私がいた。

そうだわ。確かこの時、シンシアから悔《くや》しそうに睨みつけられたのよね？　そんな私の記憶《きおく》通り、シンシアはとても悔しそうに私を睨みつけていた。もしかしてライリー様からもシンシアの顔が見えているのでは？　とライリー様の方を見たけれど、ライリー様の位置からはちょうど死角になっていてシンシアのそんな表情は見えていないようだった。

ライリー様は、キース殿下がシンシアから離れたのをきっかけにゆっくりとシンシアに近づいた。


「えっと……？」

突然《とつぜん》目の前に現れたライリー様に、さすがのシンシアも少し戸惑《とまど》っていた。

「初めまして。俺は、伯爵《はくしやく》家のライリー・スミスと申します」

「ライリー様？　私は、公爵令嬢《こうしやくれいじよう》のシンシア・シルバーです」

「キース殿下からとても素敵《すてき》なご令嬢だとお伺《うかが》いしています」

「えっ!?　キース様から!?」

ライリー様の言葉にシンシアはとても嬉《うれ》しそうに声をあげた。

「俺は、キース殿下の側近なので、キース殿下の周りにいる女性がちゃんとした女性であるか確かめる使命があるんですよ」

ほんの少し意地悪く、試《ため》すように言いながらライリー様はシンシアの頭のてっぺんから足の爪先《つまさき》まで舐《な》めるように視線を這《は》わせた。そのなんともいえない視線に私はゾッとしたけれど、キース殿下が自分のことを素敵だと言っていたと聞いて喜んでいるシンシアは、ライリー様のそのゾッとする視線にはまったく気付いていないようだった。

「ライリー様はキース様の側近なんですね？　すっごーい！　私もキース様とお友達なので、これからは私ともぜひ仲良くしてください！」

シンシアはとても無邪気《むじゃき》な笑顔をライリー様に向けて、なんとライリー様の手を握《にぎ》った。その公爵令嬢どころか貴族らしからぬ口調や行動に私はため息を吐《つ》きたくなったけれど、ライリー様は毒気を抜《ぬ》かれたようだった。さっきまで厭《いや》らしく細めていた目を、驚きで丸くしていた。

「おっ、俺と仲良く？」

「はいっ！　キース様のお友達なら私のお友達です！　キース様は、お姉様から意地悪されている私を心配してくれるとっても優《やさ》しい王子様なんです！」

シンシアは先ほどキース殿下に向けていたのと同じ、うるうると潤んだ瞳でライリー様を上目遣《うわめづか》いで見つめた。シンシアに見つめられたライリー様は、無言でこくこくと頷《うなず》いていた。

……シンシアの行動にこんなに振《ふ》り回されて夢中になっているライリー様がソフィア様を見《み》初《そ》めることなんてあるのかしら？

恋愛《れんあい》に疎《うと》いルイスの予想が当たっている気がして、その嫌《いや》な予感に私はそっとため息を吐いた。

（マーガレットがクソ王子と踊ってるよー）

（現在に戻ったらクソ王子やっちゃう？）

（二年越《ご》しで王宮爆破《ばくは》を実行してやろうか？）

だめよ！　今の王宮を爆破したらレオナルド殿下が悲しむわ！

（みんとだめー！　レオが困るなら爆破しちゃだめー！）

（レオが好きだから爆破はあきらめるー）

（我もレオは好きだが、念願叶《かな》わず無念なり）

妖精《ようせい》さん達が王宮爆破を思い留《とど》まってくれたことに安堵した私の目には、キース殿下と踊る過去の自分が映った。

……私ってキース殿下と一緒《いっしょ》にいる時に、こんなにも無表情だったのね。

だけど、どんなに私が無表情だとしてもキース殿下は私を見てすらいないからその表情になんて気付いていないわ。……この時の私はダンスを上手に踊ることに精一杯《せいいっぱい》で気付いていなかったけれど、キース殿下は私とダンスを踊っている時でさえもライリー様と楽しそうに話しているシンシアを目線で追っていた。

公爵家では私だけ家族として認めてもらえなくて、婚約者には信じていただけなかった。苦しくて辛《つら》かった時期の自分自身を客観的に見て、なんだか切なくなってしまった私は、思わず過去の自分から目を逸《そ》らした。

その時、女性達に囲まれている過去のルイスと目が合った。いえ、ルイスから今の私は見えていないから正確には目は合っていないのだけれど、過去のルイスは女性達と会話をしながらも、キース殿下と踊る私を時々、心配そうに見ていた。

こんなに前からルイスは私のことをずっと心配してくれていたのだわ。
そのことに気付いて、冷えてしまっていた私の心がじんわりと温かくなるのを感じた。

（ドヤ顔と眼鏡ふきふきが面白《おもしろ》かっただけではないのだと教えてやろうか）
（だから僕たちはめがねと遊んだのー）
（めがねはいつもマーガレットを見てたよー）

えっ？　そうなの？

（めがねのこと最初はマーガレットに意地悪言ったから嫌《きら》いだったのー）
（でもめがねはいつもマーガレットを見ていてマーガレットの幸せを願っていたのー）
（そんなめがねだからこそ我々も遊んでいて楽しかったのだと教えてやろうか）

だけど、くっきーもしょこらもみんとも、当時はそんなこと一言も……。

（決めるのはマーガレットだからー）
（マーガレットが自分で選んだ人が一番なのー）

(自分を見つめてくれる人間が必ずしも自分が好きになる人間ではないのだと教えてやろうか)

くっきー、しょこら、みんと。まさか貴方達《あなた》がそんな風に私の恋愛を見守ってくれていたなんて……。本当にありがとう。そうね。私は皆《みんな》に教えてもらったからでも、ルイスが私を見つめてくれていたからでもなく、ルイスと話をして、ルイスのことを知って、私自身が自分からルイスを好きになったんだわ。

……それにしても、さらっと恋愛の達人のような言葉が出てくるだなんて、貴方達ってもしかして恋愛に詳《くわ》しいのかしら？

(私はレオが好きだもんー)

(えっへん。今までの愛《いと》し子の恋愛も見守ってきたのー)

(恋愛とは考えるものではなく感じるものだと気づかせてやろうか)

恋愛について得意げに語って、ドヤ顔で飛び回る妖精さん達がとても可愛《かわい》かった。そして、彼らは私が思っているよりもずっと大人なのだと私はとても感心してしまった。

それにしても過去の愛し子達の恋愛ってすごく気になるわ！　いつかこっそり教えてくれな

いかしら。

「ソフィア様！　この方が貴女《あなた》と踊《おど》りたいようですわ！」

私の耳に過去のカナン様の大きい声が響《ひび》いた。

そうだったわ。キース殿下《でんか》と踊り終わった後で私はソフィア様とジンジャーエールを飲んでいて、そこにカナン様が嵐《あらし》のように飛び込んでいらっしゃったんだわ。

「あっあの、お願いします」

カナン様の後ろには、顔を真っ赤にしたまま手を差し出す男性がいた。当時はよく見ていなかったけれど、この方は一学年下のアルバート様よね？　確かロバーツ子爵《ししゃく》家のご長男だったはずだわ。

ソフィア様がほんのり赤い顔で差し出されたその手をとった時に、アルバート様は真っ赤な顔のままとても嬉しそうににっこりと笑った。

「……ソフィア様に一緒に踊っていただけるなんて、夢のようです」

赤い顔をしたままソフィア様とダンスを踊りながらアルバート様は緊張《きんちょう》したように言った。

「……」

だけど、ソフィア様はなんだか上の空のように見えた。……ソフィア様一体どうしたのかしら？

「……ソフィア様？」

心配したように問うアルバート様の声に、ソフィア様は我に返ったようだった。

「すみません！　私ったら……」

「何か心配事ですか？」

「いえ。……先ほどマーガレット様が着けていたブローチに見覚えがある気がするのですが、どこで見たのかどうしても思い出せなくて……」

そう言った後で、ソフィア様はまっすぐにアルバート様を見た。

「アルバート様。ダンスをしている最中に考え事なんてしてしまって申し訳ありません。せっかくのダンスなので、もう考え事はしません」

そう言ったソフィア様の笑顔《えがお》を見て、アルバート様の顔はまた真っ赤になった。

「あっありがとうございます。僕はこんな体形なのでダンスが得意ではなくて、ソフィア様にご不快な思いをさせていたらどうしようかと……」

「こんな体形？　ですか？」

「ふっ、太っているので見苦しいのではないかと……」

「そうでしょうか？　確かに少しぽっちゃりされていますが、シルエットが愛らしいですし、手が温かくて心地好《ここちい》いですよ？」

ソフィア様はごく自然に言った後で、慌《あわ》てて言葉を重ねた。

「すっ、すみません。男性に愛らしいだなんて失礼でしたね。それにぽっちゃりしているだなんて……」

「いえ……。そんな風に言われたことなんてなかったので……とても……嬉《うれ》しいです……」

お互《たが》いに顔を赤くして一緒にダンスを踊るお二人はとても楽しそうだった。

「……僕は、ソフィア様の笑顔を見ているだけで幸せな気持ちになります。……ソフィア様には、いつでも笑顔でいていただきたいと思っています」

ダンスが終わった後で、アルバート様はソフィア様に微笑《ほほえ》んだ。

「ありがとうございます。私も、アルバート様の笑顔を見ていてとても楽しかったです」

ソフィア様も嬉しそうに答えた。笑顔で別れたソフィア様を見送りながら呟《つぶや》いたアルバート様の声は、ソフィア様の耳には届いていないようだった。

「……そのために僕にできることは……」

……ソフィア様からアルバート様のお話を聞いたことは一度もないけれど、もしかしてこのダンスパーティーでソフィア様を見初《みそ》めていたのは、ライリー様ではなくてアルバート様だったのではないかしら……。

だけど、私の着けていたお母さまの形見のブローチが執事《しつじ》のタイピンとお揃《そろ》いだからソフィア様には見覚えがあって、そのことが気になってしまいソフィア様は最初ダンスに集中できていなかった？　……もしかしてそのせいでアルバート様はソフィア様に告白できなかったんじゃ……。意図せずソフィア様の恋《こい》の邪魔《じゃま》をしてしまったかもしれない事実に戸惑《とまど》っている私の耳に、学園の皆様《みなさま》の騒《さわ》がしい声が聞こえてきた。

（わ～いシンシアがジンジャーエールを噴《ふ》き出したよー）

（過去の僕たちのいたずら成功ー）

（祝いのシャンパンタワーにはちみつをたらして一緒《いっしょ》に酔《よ》っ払《ぱら》ってやろうか）

妖精《ようせい》さん達の言葉を聞いた私は、慌てて騒がしい方向へ飛んで行った。

「キース様ぁ。ごめんなさい」

そこにはグラスを持ったまま震《ふる》えるシンシアと、タキシードを濡《ぬ》らしたキース殿下、そしてそんな二人を遠巻きに見守る生徒の皆様がいた。

「シンシアは何も心配しなくて大丈夫《だいじょうぶ》だよ。少し休もうか？」

キース殿下は優《やさ》しくシンシアに声をかけた後で周囲を見回した。そしてギャラリーの中に側近候補であるライリー様を見つけて指示を出した。

「ライリー。タキシードの替《か》えを用意してくれないか？」

ライリー様がキース殿下のタキシードの替えを用意している間、キース殿下とシンシアは学園が用意した控室《ひかえしつ》で休憩《きゅうけい》をしていた。

「シンシア。ライリーが戻《もど》ってきたら僕は着替えで席を外すけれど、大丈夫かい？」

「私は大丈夫です。私なんかよりキース様こそ風邪《かぜ》を引かないか心配です」

「こんな時まで僕の心配をしてくれるだなんて、本当に君は……」

キース殿下は、眩《まぶ》しそうにシンシアを見つめた。

「シンシア。もう二年以上も前になるけれど王宮でのお茶会で僕が倒《たお》れたことがあっただろう？」

「はい！　あの時はキース様が本当に死んでしまったらどうしようと、とっても怖《こわ》かったです」

「……あの時、僕のために涙《なみだ》を流すシンシアを見て僕は……。あの時から僕にとって君は……」

キース殿下《でんか》は、シンシアから視線を逸《そ》らさなかった。ずっとまっすぐにシンシアを見つめていた。

「シンシア。君こそが聖女だ」

キース殿下の突然《とつぜん》のその言葉に、シンシアは目を見開いた。

「……私が、聖女……？」

「ああ。すべてはシンシアの聖女の儀式《ぎしき》の時に明らかになるよ」

そう言ってキース殿下は、とても愛《いと》しそうにシンシアを見つめた。

「だけど今はまだ僕の願望に過ぎないから、このことは誰《だれ》にも内緒《ないしょ》だよ」

「はい。誰にも言いません」

……シンシアこそが聖女？

このダンスパーティーの時点では、私かシンシアのどちらかが聖女である可能性が高いとしか王宮では思われていなかったはずだわ。だけど、キース殿下はこの時からすでにシンシアが聖女であると確信していたのね。しかもそれをご自分の心の中で留《とど》めておくだけでなく、本人であるシンシアに直接伝えるだなんて……。キース殿下は、第二王子であるご自身の言葉の重みを分かっていらっしゃったのかしら……。いいえ。私の『聖女の儀式』の後には、側近候補の皆様やカナン様がいらっしゃる前で『婚約破棄《こんやくはき》』を口にされるくらいだもの。きっと深くは考えていらっしゃらなかったのでしょうね……。

私のそんな複雑な気持ちとは裏腹に、シンシアは、私が今まで一度も見たことがないようなうっとりとした眼差《まなざ》しでキース殿下を見つめていた。そしてそんなシンシアをキース殿下もキラキラとした眼差しで見つめ返していた。

……これは……なんだかこのままキスでもしちゃいそうな雰囲気《ふんいき》では……。と私が危惧《きぐ》している間にもスローモーションのようにゆっくりと二人の距離《きょり》が近づいていった。待って！　待って！　いくらなんでも元婚約者と義妹《ぎまい》のキスシーンなんて見たくないわ！　それにキース殿下はこの時はまだ私と婚約をしていたのだからこんなの完全に不貞《ふてい》じゃない！　私が慌てている時に、ノックもせずにライリー様が扉《とびら》を開けて控室に飛び込んできた。

「キース殿下！　お待たせして申し訳ありません！　新しいタキシードのご用意が出来ました！」

勢いよく飛び込んできたものの控室の異様な雰囲気にライリー様は首を傾《かし》げていた。そんなライリー様と、慌ててシンシアから離《はな》れたキース殿下には見えていないようだったけれど、邪魔をされたことに対して苛立《いらだ》ったシンシアの歪《ゆが》んだ顔は先ほどまでキース殿下を見つめていた可愛《かわい》らしい顔とは全く違《ちが》っていて、私はなんだか背筋が寒くなった。

「ライリー。僕が着替えで不在にしている間、シンシアを頼《たの》んだよ」

気を取り直してキース殿下は着替えのために控室を後にした。その際に当たり前のように扉を閉めたキース殿下の行動を見て、私は違和感《いわかん》を覚えた。たとえ婚約者同士だとしても未婚《みこん》の男女が使用人も置かずに密室で二人きりになるだなんて普通《ふつう》はありえない。いくら学園内とは言えせめて扉は開けておくべきなのに。だけど、キース殿下は先ほど自分自身も当たり前のようにシンシアと扉を閉めて二人きりになっていたわ……。

学園の外では、キース殿下の側《そば》にはいつもハンクス様が控《ひか》えていた。私とキース殿下が密室で二人きりになることがないようにいつも配慮《はいりょ》がされていた。学園でもハンクス様や側近候補の皆様がいつもキース殿下の側にいたから、きっとキース殿下は女性と密室で二人きりにならないということをご自分で意識しなくても守られていたのだわ。だけど学園の行事であるダンスパーティーではハンクス様はパーティー会場の外で警護をしているし、控室に移動してきたのはシンシアがジンジャーエールをキース殿下の衣装に吹《ふ》きかけるというトラブルのせいだから、シンシアと密室で二人きりになるという状況《じょうきょう》が出来上がってしまっていたのね。……いくら今まで当たり前のように配慮がされていたとはいえキース殿下も常識は知っているはずなのに……。知識はあっても、きっと忘れてしまっていたのだわ……。

ライリー様は、キース殿下が退室して少しした後で、そっと扉を開けていた。……ライリー様のその常識的な行動に私はほっとした。

「ライリー様？　どうしたんですか？」

シンシアは、男性と密室で二人きりでいることが悪いことだとは思っていないようで、ライリー様が扉を開けた意味にもまったく気付いていなかった。

「シンシア様は、公爵《こうしゃく》家でまともな淑女《しゅくじょ》教育を受けていないんですね？」

馬鹿《ばか》にしたようにライリー様に言われて、シンシアは目に涙を浮《う》かべた。

「私、また何か失敗しましたか？　お姉様にもいつも怒《おこ》られるんです」

「……マーガレット様にですか？」

「シンシアは何にも出来ない屑《くず》だって。……淑女教育も私はちゃんと受けたいのに、いっつもお姉様に意地悪されて……」

悲しそうに顔を伏《ふ》せるシンシアを一瞥《いちべつ》した後で、ライリー様は先ほどと同じように意地悪く笑った。

「そんな嘘《うそ》を言ってまで俺の気を引きたいのか？　さすが婚約者のいるキース殿下に近寄る男好きだな」

「はぁっ!?」

ライリー様の意外な言葉と敬語も取り払《はら》ったその態度に、シンシアは思わず普段《ふだん》私に向けるような声を出していた。そしてライリー様のその豹変《ひょうへん》ぶりには私もかなり驚《おどろ》いた。ダンスパーティーでシンシアと話していたライリー様の様子を見ていたら、すっかりシンシアの演技に絆《ほだ》されているように見えていたから。

……もしかしてライリー様がシンシアに恋《こい》をしているというのはやはりルイスと私の勘違《かんちが》いで、この後にライリー様がソフィア様を見初《みそ》めることもまだありうるのではないかしら？

「マーガレット様なんて、入学してしばらくの間、格下の令嬢《れいじょう》達に言い返すこともできなかったような大人しいだけの人間だろ」

ライリー様は馬鹿にしたように言った。……その様子は、完全に私を見下しているようだった。

「ライリー様可哀想《かわいそう》！　ライリー様もお姉様に騙《だま》されているんです！　お姉様は外では猫《ねこ》を被《かぶ》っているんです！　学園では大人しいふりをしているかもしれないけど公爵家では全然違うんです！」

くじけないシンシアは、先ほどよりもうるうる多めでライリー様を見つめた。

「ライリー様ぁ。信じてください」

「俺は、よく知りもしない女のことを簡単に信じるような甘い人間じゃない」

「そんな……。ひどいです」

「ひどい？　シンシア様はもう少し他人を警戒《けいかい》した方がいいんじゃないか？」

「ライリー様は信頼《しんらい》出来る人です！」

「言葉でならなんとでも言える」

「……じゃあっ！　これからライリー様のことをもっと教えてください！　それに私のこともこれから知っていけばいいじゃないですか！　そしたらライリー様も、私がお姉様に意地悪されているのが本当だって信じてくれるはずです！」

「……俺のことを知りたい？」

「はいっ！　私は、ライリー様のことをもっと知りたいです！」

「どうして？」

「どうしてって？　だってライリー様と仲良くなりたいからですよ？」

シンシアにじっと見つめられたライリー様は、しばらく観察するようにシンシアを見つめた。そして、肩《かた》の力を抜《ぬ》くようにそっと息を吐《は》いた。

「ははっ。俺がこれだけきつく言ってもめげなかった女性は初めてです。シンシア様は面白《おもしろ》い方ですね」

楽しそうにそう言ったライリー様は、シンシアに向けて初めて笑顔《えがお》を見せた。

「失礼な発言をしてしまい申し訳ございませんでした。俺は、キース殿下の側近ですが、これからはシンシア様のことも全力で守ります」

シンシアはそんなライリー様の笑顔を見て、とても嬉《うれ》しそうだった。

「ありがとうございます！　ライリー様に守っていただけるなんて怖《こわ》いものなしです！」

えっと……。急展開すぎて何が起きたのかよく分からなかったのだけど、いつの間にかライリー様はシンシアに恋をしたということ？　えっ？　なぜ？　今の会話のどこに恋に落ちる要素があったのか私にはまったく分からなかった。……もしかしてルイスのことを言えないくらい私も恋愛《れんあい》に疎《うと》いのかしら……。

「シンシア。大丈夫《だいじょうぶ》かい？」

ライリー様とシンシアが見つめ合っているところに着替《きが》えを終えたキース殿下《でんか》が戻《もど》ってきた。

「キース様。さっきも素敵《すてき》でしたが、新しいタキシードもとっても素敵です！」

嬉しそうにすぐにライリー様から離れてキース殿下に駆《か》け寄っていくシンシアの様子に、シンシアに好意を持ったであろうライリー様の顔が悔《くや》しそうに曇《くも》った。

「ありがとう。シンシアにそう言ってもらえるととても嬉しいよ」

キース殿下は愛《いと》しそうにシンシアを見つめた後で、ライリー様に視線を向けた。

「ライリーもせっかくのパーティーなのにすまなかったね。会場に戻って踊《おど》ってきたらどうだい？」

「いえ。俺はキース殿下の側近ですから、キース殿下とシンシア様の近くにいます」

「ライリー様がいてくれるなら私も心強いです！」

キース殿下とライリー様に囲まれてシンシアはとても嬉しそうに微笑《ほほえ》んでいた。

そんな三人の様子を見ていた私は、思わずため息を吐《つ》いた。

（マーガレットとめがねが踊っているよー）

（僕たちも一緒《いっしょ》に踊るのー）

（過去の自分達と比べて、この二年でのパタパタダンスの上達度を確認《かくにん》してやろう）

妖精《ようせい》さん達が声を弾《はず》ませてやってきた。

（マーガレット行こー）

（早く早くー）

（この二年で成長した我らのパタパタダンスを披露《ひろう》してやろうか）

はしゃぐ妖精さん達に連れられて、パーティー会場に戻った私の耳にカナン様の声が響《ひび》いた。

「聖女ですわ！」

会場中の皆様《みなさま》の視線の先では、ルイスと私がダンスをしていて、その周りで妖精さん達が楽しそうに踊っていた。

そして、楽しそうに踊る私達の周りはキラキラと輝《かがや》いていた。

……私達って客観的に見るとこんなに目立っていたのね……。ルイスとのダンスが終わった後に皆様から向けられた輝く視線の意味を、二年経《た》って私はやっと理解した。そして、先ほどキース殿下と踊っていた時には無表情だった過去の自分が、ルイスとはとても楽しそうに踊っていることにも気付いた。

……きっとまだ自分でも気付いていなかったけれど、本当はこの時から……。私にとってルイスは特別な存在だったのだわ……。

（マーガレットも私たちと踊ろー）

でもこの体で踊るってどうやって？

（自由に羽をパタパタさせればいいんだよー）

羽をパタパタさせて飛んでいれば良《い》いの？

(自分がダンスだと思えばそれこそがダンスなのだと教えてやろうか)

妖精さん達に連れられて、私は過去の自分達の近くまで飛んで行って、夢中で羽をパタパタさせた。これで踊っているといえるのかしら? と疑問に思いつつも、妖精さん達がとても楽しそうに飛び回っていたので、私も自由に飛び回った。

五人でダンスをしていた過去のルイスも妖精さん達ももちろん私だって気付いていなかったけれど、あの時は姿は見えなくてもきっと今と同じように未来の妖精さん達と私が、近くで踊っていたんだわ。過去の自分達の周りで現在の妖精さん達と一緒に笑いながら羽をパタパタさせて飛び回る。それはまるで九人でダンスをしているみたいで、私は初めてルイスとダンスをした二年前と同じように今回もとても楽しかった。

第3章 大切な親友のための怒《いか》り

「それではやはりライリーはシンシア様を？」

現在に戻ってきた私は、妖精さん達と一緒に行った過去のダンスパーティーで見たライリー様とシンシアの様子をルイスに報告していた。

「私が見る限りでは多分……。だけど、シンシアの行動のどこがライリー様の琴線《きんせん》に触《ふ》れたのかが分からないの。ライリー様は、シンシアに見つめられるたびに固まっていたから、きっと純粋《じゅんすい》に顔が好みということもありそうだけど……。それでもあの会話だけでどうしてライリー様が恋《こい》に落ちたのかが、私にはよく分からなくて……」

「……僕は恋愛に疎いのでまったくの見当違《けんとうちが》いかもしれませんが……」

少し考え込んだ後で、そんな前置きをしながらルイスは言葉を続けた。

「学園に入学した当初、ライリーは婚約者《こんやく》のいない女性達によく話しかけられていました。ですがライリーは女性に対して必ず厳しいことを言うのです」

「……厳しいこと？」

「たとえば爵位《しゃくい》が自分と同格か自分より下の女性相手であれば、『爵位目当てか？』や『そんなに騎士《きし》団長の妻になりたいのか』など……」

あまりの言いように私は絶句した。

いくら相手の爵位が自分より下だからって初対面の相手に対して失礼過ぎるわ。それに父親が騎士団長だからと言ってライリー様も騎士団長になれるかなんて分からないのに。そういえば、あの時はまだキース殿下の将来の側近候補だったはずなのにダンスパーティーの時に堂々と自分のことを『キース殿下の側近』と発言していたわ。……なんて傲慢《ごうまん》な方なのかしら……。

「たとえば自分より爵位が上の女性相手であれば、『キース殿下にはすでに婚約者がいるからと格下の自分にまで手を出そうとするなんて必死ですね』など……」

「……」

「ライリーに話しかけた女性達は厳しいことを言われるとすぐに去っていき、入学して半年も経つ頃《ころ》にはライリーに話しかける女性はいなくなっていました」

「……でしょうね」

私はあの短いやり取りでライリー様がシンシアを気に入った理由がやっと分かった。初対面の男性から酷《ひど》いことを言われてそれでも離《はな》れないでいてくれる女性なんてきっといない。だから、ライリー様の厳しい言葉に反論してそれでも縋《すが》ってきたのは、『ライリー様のことをもっと知りたい』と言ってくれたのは、シンシアだけだったのだろう。きっとシンシアは何も考えていなかっただろうけど、ライリー様にとっては、シンシアだけが本当の自分を受け止めてくれた初めての人間だったのね。

「あのダンスパーティーでソフィア様がライリー様に見初《みそ》められるどころか、ソフィア様とライリー様が顔を合わせることすらなかったわ」

悲しい事実に私はため息を吐《つ》いた。

「……今回のスミス伯爵《はくしやく》家とホワイト男爵《だんしやく》家の強引《ごういん》な婚約のお話には、ライリー様の何らかの意図があることは間違《まちが》いがなさそうね……。だけど、もしライリー様が学生時代にシンシアのことを気に入っていたとしても、どうして私達が学園を卒業して一年経った今になって行動を起こそうとしたのかしら？」

シンシアにはキース元殿下《でんか》と婚約をするまで婚約者はいなかったし、今はすでにキース元殿下と結婚《けっこん》をして男爵夫人になってしまっているのに……。ライリー様はどうして今さら……。

「いえ。もしもライリーが、シンシア様と出会った当初からシンシア様に対して好意を寄せていたとしても、ライリーが行動を起こせるチャンスは今しかないのです」

ルイスはきっぱりと言った。そんなルイスの言葉に私は首を傾《かし》げた。

「どうして？」

「シンシア様が生まれた時にはシルバー公爵《こうしゃく》と現在の夫人は結婚されていませんでしたが、シンシア様はシルバー公爵が実子として届出をしているシルバー公爵家の令嬢《れいじょう》です。当時マーガレットはキース殿下に嫁《とつ》ぐことが決まっていたので、シンシア様と結婚する者をシルバー公爵家の後継者《こうけいしゃ》にするとシルバー公爵は公言されていました。スミス伯爵家を継《つ》ぐことが決まっていたライリーには、そんなシンシア様に婚約を申し込むことなどできなかったのです」

「確かにその通りだわ。今回はソフィア様のご実家の爵位がライリー様のご実家の爵位よりも低いのをいいことに無理矢理《むりやり》婚約を結ぼうとしているけれど、いくらライリー様でもさすがに当時公爵令嬢だったシンシアとは無理矢理婚約をすることはできなかったのね」

「はい。そしてその後、シンシア様は当時のキース殿下と婚約なさいました」

「ライリー様には第一王子の婚約者に手を出すことなんてできないわね。だけど、キース殿下の廃嫡《はいちゃく》が決まった後は……」

「いえ。キース殿下の廃嫡と、シルバー公爵家が爵位を返上することが決まった時もライリーには、シンシア様に手を出すことはできなかったのです」

ルイスは、淡々《たんたん》と言葉を重ねた。

「なぜならキース殿下とシンシア様の婚約は決して解消できないことを誰《だれ》もが知っていたからです。その理由をキース殿下は勘違《かんちが》いしておられたようですが……。キース殿下は、長年の婚約者であり何の過誤もないマーガレットに対して『聖女の儀式《ぎしき》』で聖女ではないと判明した途《と》端《たん》に婚約を破棄《はき》すると宣言しました。しかもその後、婚約を解消したその場で、マーガレットの異母妹《いもうと》であるシンシア様と再婚約までしました。貴族だけでなく国民の皆様《みなさま》の中でもそのやり方に不快感を示す方が大半でした。そのようななかで今度はシンシア様が『聖女の儀式』で聖女ではないと判明したからとまた婚約を解消して王太子になるなど、到底許されるはずはなかったのです」

「キース殿下とシンシアとの婚約は解消することが出来ないものだった。だから、ライリー様はシンシアとキース殿下が婚約している時には、何も行動を起こすことができなかった……？」

「はい。いくら廃嫡されてシンシア様のお母様のご実家の男爵家を後継《こうけい》することが決まったとはいえ、当時の第一王子と公爵令嬢の婚約を伯爵子息であるライリーにどうにかすることなどできません。ライリーが動くことができたのは、シンシア様が学園を卒業して結婚をしたことで正式にキース元殿下が男爵となったこのタイミングしかなかったのではないでしょうか？」

「……やっと行動を起こすことができるようにはなったけれど、今度は肝心《かんじん》のシンシアがすでに結婚をしてしまっていた、ということね……。だけどキース男爵とシンシアが結婚をしている事実は私にだって変えられるはずないわ。……それなのにライリー様は私に会ってどうするつもりなのかしら……」

「マーガレットは本当にライリーと会うのですか？」

思わず考え込んでしまった私に対して、ルイスが心配そうに顔を覗《のぞ》き込んだ。

「ええ。ライリー様がソフィア様に私と会わせることを命令しているし、それに私もライリー様に直接会って真意を確かめたいの」

「ライリーが女性に暴力を振《ふ》るうところはさすがに見たことはありませんが……。それでも心配です。僕も一緒《いっしょ》に行きます」

「大丈夫《だいじょうぶ》よ。ルイスはその日仕事でしょう？　ライリー様は多分私が一人で来るように、ルイスが仕事で自分がお休みの日を指定したのだと思うわ」

「余計に心配です」

「本当に大丈夫よ。だって私には、世界で一番頼《たの》もしい護衛達がついていてくれているもの」

（そうだよーマーガレットには私たちがついてるのー）

（レオの護衛よりつよいよーえっへん）

（悪い奴《やつ》は片っ端《ぱし》から成敗してやろうか）

妖精《ようせい》さん達はルイスの眼鏡をさくっとずらしながら胸を張った。ルイスは眼鏡をくいっと戻《もど》しながら安心したように笑った。

「そうですね。マーガレットには妖精様達がついていてくれるので安心です。……しかし何かあったら必ず僕に言ってくださいね」

真剣《しんけん》な目で見つめられて、私はそっと頷《うなず》いた。

「ルイスありがとう。そうやっていつも私を心配してくれていたのね」

「……何のことでしょうか？」

「あの当時の私は気付いていなかったけれど、きっと学園でのダンスパーティーの時からずっと私を心配して見守ってくれていたのね」

私の言葉にルイスは恥《は》ずかしそうに顔を伏《ふ》せた。

「……七歳のガーデンパーティーの時からです……」

「……えっ？」

「僕は、ガーデンパーティーで初めてマーガレットを見かけたあの時から本当は、マーガレットのことを可愛《かわい》いと、そう思っていました」

顔を赤くして私を見つめるルイスがたまらなく愛《いと》しかった。それに七歳のガーデンパーティーの時から、そんなに昔からルイスが私のことを気にかけてくれていたという事実が私の胸を甘く高鳴らせた。

「マーガレット様。今日は本当にありがとうございます。そしてご迷惑《めいわく》をおかけして申し訳ございません」

ソフィア様はとても申し訳なさそうな顔をして、ホワイト男爵家《だんしゃくけ》に到着《とうちゃく》した私を迎《むか》えてくれた。ソフィア様の隣《となり》では、執事《しつじ》とシャーロットもとても心配そうに私を見つめてくれていた。

「ただライリー様とお話をするだけよ。何も心配することはないわ」

私はそんな皆《みんな》を安心させるように明るく声をかけた。

ソフィア様は私をお庭に案内してくれた。今日はとてもよく晴れていたので、雲一つない真っ青な空が眩《まぶ》しかった。緑色のミントの葉が爽《さわ》やかに伸《の》びた気持ちの良《い》い庭にお茶会の準備がされていた。

「とても素敵《すてき》ね」

私の言葉にソフィア様は嬉《うれ》しそうに笑った。

「昨日から使用人の皆が、頑張《がんば》って準備をしてくれたのです」

だけど、ふいにその顔を曇《くも》らせた。

「ライリー様がまた気分を損《そこ》ねないと良いのですが……」

その言葉の意味を測りかねて、私は何も答えられなかった。

約束の時間から三十分以上遅《おく》れてやって来たライリー様は、不機嫌《ふきげん》そうに庭を一瞥《いちべつ》した後でソフィア様に声をかけた。

「あの応接室は貧乏臭《びんぼうくさ》いから二度と通すなと言ったが、庭も貧相だな。花ではなくミントなんか植えているのか」

挨拶《あいさつ》や遅刻《ちこく》への謝罪もせずに、いきなり投げつけられた酷《ひど》い言葉に私は思わず眉《まゆ》を顰《ひそ》めた。だけどきっとライリー様のそんな態度には慣れているのだろうソフィア様は、ただ諦《あきら》めたように頭を下げていた。

「申し訳ございません」

そんなソフィア様の姿を見て私は胸が痛んだ。

(何こいつ？　クソ王子超《ご》えの最低ー)

(意地悪野郎《やろう》はやっつけるのー)

(ミントを貧相だと罵《ののし》った恨《うら》み忘れまじと思い知らせてやろう)

くっきー、しょこら、みんと。気持ちはよくわかるわ。だけど、私がお話しするから少し待っていてね。……ソフィア様への態度によっては、どうやっちゃうか一緒に考えましょう。

（やったぁ。マーガレットが乗り気なのー）

（やっちゃおー。やっちゃおー）

（筋肉を風船みたいに膨《ふく》らませて、もう勘弁《かんべん》してーと言わせてやろうか）

私のことは誰《だれ》にどんな風に言われたって構わないけれど、大切なお友達であるソフィア様を傷つけることは許さないわ。

そんな決意も新たに、視線をライリー様に向けた。

「マーガレット様。お久しぶりです。お話をするのは、キース元殿下《でんか》が『聖女の儀式《ぎしき》』の後で貴女《あなた》に婚約破棄《こんやくはき》を宣言した時以来ですね」

あえて私が傷つくと思う場面を選んだのだろうライリー様は意地悪く笑った。

「ライリー様お久しぶりです。しかし、ライリー様とは顔を合わせたことくらいはあるかもしれませんが、直接お話をするのは初めてですわよね？」

私もライリー様に負けないくらい意地悪く見えるように笑った。

「俺は学生時代にはキース元殿下の側近だったので、キース元殿下の婚約者であった貴女とも言葉を交《か》わしたことくらいありますよ！」

ムッとしたように言い返すライリー様に、私は意地悪な笑顔《えがお》を崩《くず》さず言い返した。

「あらっ？　ライリー様はあくまでキース元殿下の『側近候補』に過ぎなかったと記憶《きおく》していたのですが、いつの間にか候補ではなく側近になられていたのですね？　でもキース元殿下にはそんなに重宝《ちょうほう》されていたはずなのに、今はなぜかレオナルド殿下の側近候補にすら選ばれていらっしゃらないのですね？」

普段《ふだん》とあまりに違《ちが》う私の厳しい口調や態度に、ソフィア様や紅茶の準備をしていたシャーロット達は目を丸くして驚《おどろ》いていた。

ライリー様は、大人しいだけだと侮《あなど》っている私にまさかこんな反撃《はんげき》をされるとは思っていなかったのか悔《くや》しそうに顔を歪《ゆが》めた後で、鼻を鳴らして宣言した。

「マーガレット様は確かに元公爵令嬢《こうしゃくれいじょう》だったかもしれませんが、キース元殿下に婚約を破棄されて今は伯爵《はくしゃく》令息夫人に過ぎませんよ。伯爵令息である俺にそんな態度をとってもいいんですか？」

やはり爵位を持ち出してきたわね。きっとそのために自分と同格であるルイスが同席できない日を指定したのだわ。なんて分かりやすいのかしら。

「ライリー様は、当時公爵令嬢だったシンシアに対して敬語も使わずお話しされたことがあると聞いていたので、爵位などはあまり気にされない方かと思っていましたが、違うのですね？」

「……なっ⁉」

「それに当時は公爵令嬢でキース殿下の婚約者であった私のことを、『大人しいだけの人間』とおっしゃっていたとか？」

そんな嫌《いや》みを言いつつも笑顔を崩さない私にライリー様は、

「まさかシンシア様がそんなことまで貴女に……」

などと呟《つぶや》きながら顔を引きつらせていた。

「マーガレット様のことをそんな風におっしゃるだなんて信じられません」

私とライリー様との会話を聞いていたソフィア様が怒《いか》りに満ちた顔でライリー様に告げた。

そんなソフィア様を見て、顔を引きつらせていたライリー様が先ほどまでの傲慢《ごうまん》な態度にすぐに戻《もど》った。

「ソフィアにそんなことを言われる筋合いはない！　たかが男爵令嬢のお前が伯爵令息である俺に口答えをするなんて許されないぞ」

私だって今まで義母《ぎぼ》やシンシアやお父様に、オルタナ帝国《ていこく》のエラ様等様々な方々の悪意を目の前で見てきたけれど……。自分よりも下の爵位の人間に対してだけどこまでも尊大な態度をとるこんなに傲慢な男性には初めて出会ったかもしれないわ。

「ソフィア。俺はマーガレット様と話があるから席を外せ。気の利《き》かない使用人達も全員下がらせろ」

まるでこのお屋敷《やしき》の当主であるかのように偉《えら》そうにライリー様は命じた。

「いくらなんでもライリー様とマーガレット様を二人きりにすることなんてできません」

身分的にライリー様に逆らえない立場のソフィア様は、それでも私を心配して必死にライリー様に抗議《こうぎ》をしてくれた。ライリー様はそんなソフィア様を見て不快そうに顔をしかめた。

（マーガレットまだやっちゃだめー？）

（髪《かみ》の毛をちりちりに燃やしちゃっていいー？）

（体中をうるしで塗《ぬ》りたくってひーひー言わせてやろうか）

（クッキーの生地《きじ》で包《くる》んでいいー？）

（ショコラの海でおぼれさせていいー？）

（大量のミントでお口をすっきりさせて二度とミントを罵ることのできない身体《からだ》にしてやろうか）

……貴方達《あなた》、今までにないくらいやっちゃう方法をたくさん考えているわね……。だけど、まだだめよ。ライリー様がどうしてソフィア様と婚約をしたがっているのか聞き出すまで待っててね？

（じゃあもうちょっと我慢《がまん》するー）

（はやくやっちゃいたいー）

（ミントを馬鹿《ばか》にしたことを謝罪する夢をこれから毎晩見せてやろう）

「ソフィア様。ありがとう。だけど私なら大丈夫《だいじょうぶ》よ。ライリー様と二人でお話をするわ」

「マーガレット様。しかし……」

「ライリー様。お話しするのは二人で構いません。その代わり声の聞こえない位置で良いので、使用人達に待機してもらってこちらの様子を見ていてもらうことは問題ないですわよね？」

「使用人に見張らせるだなんて、まさか騎士《きし》団に所属しているこの俺が女性相手に暴力を振《ふ》るうとでもお思いですか？　マーガレット様は、随分《ずいぶん》と自意識過剰《かじょう》なうえに心配性《しょう》なんですね」

ライリー様は、またこちらを馬鹿にしたような嫌《いや》な笑いをした。

「いいえ。まさか暴力を振るわれるとまでは思っておりませんが、二人きりでお話をしたことでライリー様と私に何かあったと妙《みょう》な噂《うわさ》でもたてられたら大変迷惑《めいわく》ですので」

わざと『大変迷惑』を強調して言った私に、ライリー様はまた顔を引きつらせた。

……次期伯爵家の当主なのに随分顔に出やすいのね。この態度では敵も多そうだし、ライリー様が後継《こうけい》された後のスミス伯爵家は大丈夫なのかしら。思わず心配になってしまうくらいだわ。

レオナルド殿下は、キース元殿下の時代に側近候補だった皆様《みなさま》を変わらずにご自分の側《そば》に置いているけれど、唯一《ゆいいつ》ライリー様だけは距離《きょり》を置いている理由がわかった気がした。オルタナ帝国でも思ったけれど、レオナルド殿下の人を見る目はさすがね。

ソフィア様は、ライリー様と私が二人で話をすることを最後まで心配してくれたけれど、声が聞こえないぎりぎりの位置で、何かあった時にはすぐに駆《か》けつけられる位置で、執事《しつじ》達を待機させることでなんとか納得《なっとく》してくれた。執事はその緑色の瞳《ひとみ》を曇《くも》らせてとても心配そうにこちらを見守ってくれていた。

……私は、こんな時にもかかわらず、お父さまに心配していただけることをなんだか嬉《うれ》しいと思ってしまった。

「マーガレット様。どうかシンシア様とキース男爵《だんしゃく》を離婚《りこん》させてあげてください」

二人きりになった瞬間《しゅんかん》、ライリー様は先ほどまでの態度が嘘《うそ》のように私に懇願《こんがん》した。そのあまりの変わりようと、話の内容に私は今日一番戸惑《とまど》ってしまった。

「シンシアとキース男爵を離婚……ですか？」

「本当ならキース殿下が廃嫡《はいちゃく》された時に、シンシア様は自由になって俺と婚約をすべきだったんです」

「……キース元殿下《でんか》が廃嫡されたのは、シンシアが『聖なる水晶《すいしょう》』を割ったからですよね？」

「それはっ!!」

「それに私にはシンシアとキース男爵を離婚させるような権限などございません」

「貴女《あなた》がキース男爵に『二度目の婚約破棄《はき》はしない』と約束させたから、シンシアはキース男爵と結婚《けっこん》をせざるを得なかったんだ！」

顔を真っ赤にして激高するライリー様からは先ほどの懇願するような様子はすっかり消えていた。下手に出れば私が話を聞くと思ったのかしら？　だけどうまくいかなかったからすぐに素《す》に戻ったのね。

「キース男爵とシンシアが離婚をしていないのは、二人の意思ですよね？」

「そんなはずはない！　シンシア様は俺の前でだけは素顔を見せることができるんだ！」

素顔ってまさかライリー様に失礼なことを言われて、思わず『はぁっ!?』と答えていたあの時のことを言っているのかしら？

「おっしゃっている意味が分かりません」

私は冷たくライリー様に言い放った。……そもそもシンシアのことを好きなら私なんかに言わずに、直接本人に伝えれば良いのに。

「……いいんですか？　もしマーガレット様が俺の言うことを聞いてくれないのであれば、ソフィアがどうなっても知りませんよ？」

そう言ったライリー様の顔は、ゾッとするほど醜《みにく》かった。

それは、物差しを持って憎々《にくにく》しげに私を見つめる義母の醜い顔と同じだった。

「……どういう意味ですか？」

「もし俺が、公衆の面前でソフィアに婚約破棄でもしようものなら、傷物になったソフィアはもう一生まともな結婚などできないでしょうね」

「ライリー様は、まさかそうやって私を脅《おど》すためにソフィア様に婚約の申し込みを……？」

もしそうだとしたら、ライリー様はなんて卑怯《ひきょう》で、最低な方なのかしら。

「ははっ。まさか。ソフィアから聞いているでしょう？　俺は二年前のダンスパーティーでソフィアを見初《みそ》めたんですよ」

「二年前のダンスパーティーでライリー様はずっとシンシアと一緒《いっしょ》にいて、ソフィア様とは顔を合わせる機会すらなかったですよね」

私の言葉にライリー様はとても驚《おどろ》いた顔をした。

「……まるで見ていたように言うのですね」

私はそんなライリー様の疑問には答えなかった。

「それにホワイト男爵家はまだ婚約の申し込みに対するお返事をしていないと伺《うかが》っています。正式な契約《けいやく》もしていないのにあたかもソフィア様の婚約者であるかのように振る舞《ま》うのはやめてください」

たとえ婚約者《こんやく》だったとしても、相手のお屋敷《やしき》でこのように傲慢《ごうまん》に振る舞うだなんて決して許されるものではないけれど。

「確かに婚約の申し出に対する返事自体はまだもらっていませんが、伯爵家《はくしゃく》からの申し出を男爵家なんかが断れるはずがないでしょう？」

相変わらず人を馬鹿にしたようにライリー様はせせら笑った。

「ライリー様、矛盾《むじゅん》していませんか？　先ほどのお話ですと貴方はシンシアとキース男爵を離婚させてシンシアと再婚《さいこん》したいように聞こえました。それなのにソフィア様と婚約をしようとする意味がわかりません」

動じない私を見てライリー様は悔《くや》しそうに顔を歪《ゆが》めた後で、そっと息を吐《は》いて改めて私に視線を向けた。

「大人しいだけの女だと思っていたのに手ごわいな」

「……それが貴方《あなた》の本音ですか」

「俺はずっとマーガレット様に会うチャンスを狙《ねら》っていたんですよ。貴女さえ味方につければシンシア様とキース男爵を離婚させることができるから」

「先ほども言いましたが、私にはそんな権限はございません」

「オルタナ帝国《ていこく》のオリバー殿下がいらした歓迎《かんげい》パーティーでマーガレット様と二人で話をして貴女を説得する予定でしたが、貴女はよりにもよってキース男爵と親しそうに話していましたね」

「……そんなところまで見ていたのですか？」

「キース男爵と親しいあんな様子では普通《ふつう》に頼《たの》んでもきっと協力してもらえないと思ったから、貴女の唯一の友人であるソフィアに目をつけたんですよ」

「まさかソフィア様に酷《ひど》いことをすると脅せば私が言うことを聞くと思ってソフィア様に求婚《きゅうこん》を？　ライリー様は、そんなことのためだけにソフィア様を傷つけようとしているのですか？」

今までの人生で一番の怒《いか》りが体の中から沸《わ》き上がってくるのを感じた。私の大切な親友をそんなくだらない理由で貶《おとし》めようとしているだなんて許せないわ。

「もし私が貴方《あなた》の言うことを聞いてキース男爵とシンシアを離婚させたとして、ソフィア様との婚約はどうするおつもりなのですか？」

「その時は円満に婚約を白紙に戻《もど》しますよ。白紙であればソフィアにだって新たな婚約者が見つかるかもしれないでしょう」

「……公爵令嬢《こうしやくれいじよう》であるカナン様にはそんな無礼はできないからソフィア様を選んだんですか？」

怒りに震《ふる》えながら私はライリー様に畳《たた》みかけた。カナン様のお名前を出した時、ライリー様の顔が一瞬《いつしゆん》引きつったように見えた。

「カナン様？　カナン様は、いつもただマーガレット様に苦言を呈《てい》しているだけで、貴女の友人なんかではないでしょう？」

だけど私の言葉に対しては、心底不思議だというような顔をしていた。

「シンシアのことと言い、ライリー様は物事の表面しか見ていらっしゃらないのですね」

「なんだと⁉　シンシア様のことを理解できるのは俺だけだ！」

ライリー様は激高して椅子《いす》から立ち上がった。その様子に、執事《しつじ》が慌《あわ》ててこちらに駆《か》け寄ってくるのが目の端《はし》に映った。

（もう我慢《がまん》できなーい）

（こいつ最悪ー）

（我々がマーガレットに指一本触《ふ》れさせるはずないと思い知らせてやろうか）

妖精《ようせい》さん達の言葉と同時に、ライリー様の頭の上から水が降ってきた。

「なんだ⁉　これは一体……」

水浸《みずびた》しになったライリー様は、あまりに突然《とつぜん》起こったそのありえない出来事に呆然《ぼうぜん》としていた。

「マーガレット様。ご無事ですか？」

同じタイミングで、執事が心配そうに私の許《もと》まで駆けつけてきた。

「ありがとう。私は大丈夫《だいじょうぶ》よ」

「良かったです」

平然としている私を見て、執事は安心したように微笑《ほほえ》んだ。

「おいっ！　俺の心配をするのが先だろう？　これだから男爵家《だんしやく》の使用人は！」

私と執事とのやり取りを見ていたライリー様は正気を取り戻してまた悪態をついた。

(お水だけじゃ足りなかったねー)

(やっぱり髪《かみ》の毛ちりちりー？)

(いっそ殺してーというようなお仕置きを急いで考えなければ)

くっきー、しょこら、みんと。助けてくれてありがとう。皆《みんな》のおかげで無事だったわ。でももう大丈夫よ。

(えーつまんなーい)

(もっとやっちゃいたいー)

(グリーンソースでドロドロの刑《けい》を執行《しっこう》してやろうか)

「マーガレット様。ライリー様に襲《おそ》われそうになったと聞きましたが大丈夫ですか？」

その時、顔を真っ青にしたソフィア様が、使用人達と一緒に駆けつけてきた。

「ふざけるな！　俺がルイスの嫁《よめ》を襲うわけがないだろう！　それよりもタオルか何か拭《ふ》くものをもってこい！　まったく気が利《き》かない奴《やつ》らばっかりだな」

ソフィア様に向かって怒鳴《どな》りつけるライリー様を見て、私はまた沸き上がってくる怒りを抑《おさ》えられなかった。そんな私の怒りに気付いた妖精さん達は嬉々《きき》としてまたライリー様に水を降らせた。その水はライリー様だけに見事にかかるので、周りの皆様《みなさま》は一切《いっさい》濡《ぬ》れたりはしていなくて私はほっとした。

「おいっ！　どうなっているんだ！」

ライリー様はまた怒鳴った。そしてそんなライリー様には、また勢いよく水が降りかかった。

「ソフィアッ！」

訳が分からずイライラとしたライリー様がソフィア様に向かって怒鳴るそのたびに、ライリー様の頭上から水が降りかかった。さすがのライリー様もそのことに気付いたのか、顔を真っ青にした。そして『今日はもう帰る』と言い捨てて出口に向かって歩き出した。

「お見送りします」

そんなライリー様を執事が追いかけた。

(大成功ー)

(まだ足りないけどねー)

(ミントを罵《のの》った男の末路を教えてやろうか)

くっきー、しょこら、みんと。ライリー様を追い返してくれてありがとう。……でもやっちゃうのは因果応報くらいまでにしておいてね。

ライリー様のソフィア様に対するあまりの態度の酷さに怒りが収まらない私は、妖精さん達を止めることをしなかった。……自分にされたことは許せるけれど、大切なソフィア様を傷つけていることは決して許せないわ。

「マーガレット様。ありがとうございました」

御礼《おれい》を言うソフィア様の目は、しっかりと私を見つめていた。

「えっと……空から水が降ってきたのは偶然《ぐうぜん》で、決して私がやったわけでは……」

かなり苦しいと思いながらも弁明する私に、ソフィア様は静かに首を横に振《ふ》った。

「いえ。お水のことではなく、ライリー様にたくさん言い返してくださったことです」

「……いつもと違《ちが》う私の厳しい態度に引いていないかしら？」

ライリー様に向かって、わざと意地悪く見えるように笑いながらキツイ言葉を放った自分を見てホワイト男爵家の皆様に嫌《きら》われてしまったらどうしようかしらと不安になった。だけど、そんな私の目に飛び込んできたのは、ソフィア様のキラキラとした瞳《ひとみ》だった。


「引くだなんてまさか！　私のために……ですよね？　それにいつもと違う凛々《りり》しいマーガレット様もいつもと同じようにとっても素敵《すてき》でした！　学生時代に、ずっと憧《あこが》れていたマーガレット様と初めてお話をさせていただいた日のことが蘇《よみがえ》ってくるようです」


ソフィア様の言葉に、私は初めてカナン様に言い返した日のことを思い出した。

そうだわ。ルイスのおかげであの日初めて『自分に言えることは伝えてみよう』と踏《ふ》み出したから、私はソフィア様とお友達になることが出来たのだわ。

『いつも何を言われても全く動じず、クールなところもとても憧れていたのですが、今日の、たった一言で撃退《げきたい》されたところもとても素敵でした！』

初めての人間のお友達が出来た時、ソフィア様からいただいたあの言葉。あの言葉は、時が経《た》っても色褪《いろあ》せない、私にとって大切な宝物の一つになったの。

第4章　マーガレットの花びらが気付かせてくれたこと

「マーガレットちゃん。今日はホワイト男爵家に行ってきたのよね？　ソフィアさんは元気だったかしら？」

モーガン伯爵《はくしやく》家のディナーの席でルイスのお母様がとても嬉《うれ》しそうに話しかけてくださった。ルイスと私の結婚《けっこん》式の時にソフィア様とお話をしたルイスのお母様は、素直《すなお》で明るくて笑顔《えがお》が素敵なソフィア様のことが気に入ったみたいで、それ以来ソフィア様のことを気にかけてくださっているのよね。

「……ええと……」

いつもなら笑顔でソフィア様との思い出をお話しするのに、ライリー様から厳しい態度をとられているソフィア様の諦《あきら》めたような様子を思い出して私は思わず答えを躊躇《ためら》ってしまった。

そんな私の様子に、ルイスのお母様は心配そうにナイフを動かす手を止めた。そして、ルイスのお父様もワイングラスを置いて私の方を見た。

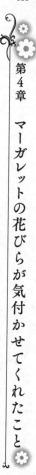

「ライリーの件でしょうか？」

沈黙《ちんもく》を破ったのは、私を気遣《きづか》うルイスの声だった。

「ライリー？　ああ。スミス伯爵家の嫡男《ちゃくなん》か」

私が答えるより先にルイスのお父様が呟《つぶや》いた。

「ルイスの学友だったわよね？」

ルイスのお父様の言葉を拾ったルイスのお母様も言葉を続けた。

「はい。僕の学生時代の友人だったスミス伯爵家のライリーの話です。そのライリーがソフィア様に婚約《こんやく》を申し込んでおり、今日はマーガレットと三人でお茶会だと聞いていたので」

「まぁ！　ソフィアさんに婚約の申し込みが？　それはとても喜ばしいわね」

ルイスのお母様は嬉しそうにはしゃいだ後で、俯《うつむ》く私に気付いて声を強張《こわば》らせた。

「……あまり良《い》いお話ではないのかしら？」

完全に食事の手をとめて心配そうな視線を向けてくださるモーガン伯爵家の皆様に対して隠《かく》し事をすることは私にはできなかった。それに、やはり私の中でまだライリー様に対する怒《いか》りが収まらなくて、私は今までの、そして今日のライリー様のソフィア様に対する傍若無人《ぼうじゃくぶじん》な態度や暴言をすべて話した。……もちろん妖精《ようせい》さん達の力で空からライリー様に向かって一直線に水が降ってきたことは伝えることができなかったけれど。

「確かにライリーには学生時代から爵位《しゃくい》の低い人間を見下すようなところはありましたが……。自分から婚約の申し込みをした女性に対してそれはあまりにも……」

私の話を聞いたルイスは、ライリー様に分かりやすく引いていた。

「もし貴方《あなた》が結婚前に一度でも私にそんな偉《えら》そうな態度をとっていたら、絶対に結婚しなかったわ」

ルイスのお母様はなぜかルイスのお父様に対して怒りを爆発《ばくはつ》させていた。突然《とつぜん》怒りをぶつけられたルイスのお父様は動揺《どうよう》しながらも、冷静な声で語った。

「スミス伯爵家とホワイト男爵《だんしゃく》家に婚約の話が持ち上がっているということは聞いてはいたが、スミス伯爵は騎士《きし》団長も務める清廉《せいれん》な人間だ。まさか爵位が下だからと無理矢理《むりやり》男爵家に婚約を承諾《しょうだく》させようなどとするとは思えないが。それにホワイト男爵家との婚姻《こんいん》は、スミス伯爵家に何のメリットもないように思えるが」

……確かにスミス伯爵からしたら、ホワイト男爵家と縁《えん》を結んでも政略的なメリットは何もないわ。それなのにどうしてライリー様は思惑《おもわく》通りに家の力を使ってホワイト男爵家へ縁談《えんだん》の申し込みが出来たのかしら。

思わず考え込んでしまった私に代わってルイスがお父様に向かって声をかけた。

「しかしソフィア様しか跡継《あとつ》ぎがいないホワイト男爵家がソフィア様の婚姻相手となる後継者《こうけいしゃ》を探していたことは間違《まちが》いないです。それにホワイト男爵家に対して、スミス伯爵家側がソフィア様が後継を放棄《ほうき》せざるを得ないような縁談を持ち込んだことも事実です」

「そうね。貴族同士の婚姻には政略が絡《から》むものだけど、子どもの頃《ころ》ならともかくすでに学園を卒業したソフィアさんをお嫁《よめ》に出すということは下手をしたらホワイト男爵家の後継者が見つからない可能性だってあるものね。スミス伯爵が真面目《まじめ》で誠実な人柄《ひとがら》だということは私も知っているけれど、これはやはりおかしいと思うわ」

ルイスのお母様もいつもの柔和《にゅうわ》な笑顔を捨てて、険しい顔をしていた。

「そうだな。他家の家庭内のことに口出しなどできないが、スミス伯爵に話くらいは聞いてみよう」

力強く頷《うなず》くルイスのお父様の様子に私は安堵《あんど》していた。良かったわ。きっとこれでソフィア様の悩《なや》みが少しは軽くなるはずだわ。

それにしても、困ったことがあった時に相談できる家族がいるということは……私や私の友人が困っていることを真剣《しんけん》に聞いてくれる家族がいてくださるということは、なんて心強いことなのかしら。

私はルイスとの結婚によって繋《つな》がることができた新しい家族の頼《たの》もしい顔を見ながら、しみじみと染《し》み入るようにそんなことを感じていた。

(マーガレット嬉しそうー)

(ソフィアからの手紙ー?)

(その手紙をソルト王国中に公開してやろうか)

妖精さん達の楽しそうでいたずらっぽい声を聞きながら、先ほどソフィア様から届いたお手紙を読む私の心は弾《はず》んでいた。

あのライリー様との最悪なお茶会の日から二週間もしないうちに、スミス伯爵家からホワイト男爵家への縁談の申し込みは取り下げられた。ソフィア様は取り急ぎその旨《むね》をお手紙でご報告してくださった。

「すべてルイスのお父様のおかげだわ」

一緒《いっしょ》にソファーに座って私の隣《となり》で寛《くつろ》いでいたルイスに向かって、私は笑顔を向けた。

「まさかライリーが自分の父親であるスミス伯爵に対して、『ソフィア様が自分のことをとても慕《した》っていて婚約者になりたいと切望している。ソフィア様の熱い想《おも》いに心動かされた自分もソフィア様のその想いに応《こた》えたい』などという嘘《うそ》をついていたとは驚《おどろ》きました」

「スミス伯爵は、ご自分の息子《むすこ》の願いを叶《かな》えたいという親心でスミス伯爵家側にメリットはないけれど、ホワイト男爵家に縁談の申し込みをしたのよね。そして、その後の対応はすべてライリー様に任せていたから、ホワイト男爵家が突然《とつぜん》降って湧《わ》いた婚約の話に困惑《こんわく》していることにまったく気付いていらっしゃらなかった……」

きっとそれもすべてライリー様の思惑通りだったのだわ。父親は今回の婚約について自分にすべての対応を任せているから、ソフィア様やホワイト男爵家の使用人達どころかソフィア様のお父様に対してでさえどんなに傍若無人に振《ふ》る舞《ま》ってもホワイト男爵家からの情報がスミス伯爵《はくしゃく》の耳に届くことはないと高をくっていたのね。

だけど、スミス伯爵は宰相《さいしょう》であるルイスのお父様からライリー様の話を聞いて、すぐにソフィア様のお父様と直接お会いになったのよね。そこで、ホワイト男爵家では困惑していること等を聞き出してすぐに婚約の申し出を取り下げたというのだから、スミス伯爵はやはりルイスのお父様とお母様がおっしゃっていた通り清廉な方なのだわ。

「それにしても、ソフィア様が望まない婚姻をすることにならなくて本当に良かったわ」

私の言葉にルイスは優《やさ》しく微笑《ほほえ》んで、そっと私の頰《ほお》を触《さわ》った。そんなルイスのさりげない仕草に私の胸が思わず高鳴った時、部屋のドアがノックされた。

「スミス伯爵家のライリー様がいらっしゃいました」

メイドのアンナに告げられて、私とルイスは一瞬《いっしゅん》顔を見合わせて気を引き締《し》めた。

「マーガレット。大丈夫《だいじょうぶ》ですか?」

「私はもちろん大丈夫よ。それに今日はルイスもついていてくれるもの」

（私たちもいるよー）

（マーガレットの優秀《ゆうしゅう》な護衛なのー。えっへん）

（悪い奴《やつ》は成敗してやろうか）

ルイスと妖精《ようせい》さん達という頼もしい皆《みんな》に囲まれて、心強い気持ちで私はライリー様が待つ応接室に向かった。


ライリー様とソフィア様の縁談が取り下げになったという話は、事前にルイスのお父様から聞いていた。そして翌日には、ライリー様から私に会うためにモーガン伯爵家を訪問したいという先触《さきぶ》れが届いた。

ルイスのお父様とお母様は、『人妻と二人で会いたいなどという先触れは非常識だ』と怒《おこ》ってくださるとともに、ソフィア様との婚約《こんやく》の件での逆恨《さかうら》みを心配してくださったけれど、ルイスが同席するということでなんとかライリー様の訪問を許可してくださった。ただし、ライリー様の訪問中に起こった出来事はすべて報告することと、場合によってはモーガン伯爵家から正式にスミス伯爵家に抗議《こうぎ》するという条件付きだったけれど。

お母さまがはかなくなってからルイスと結婚《けっこん》するまでは、私のことを守ってくれる家族なんてどこにもいなかった。

私は公爵《こうしゃく》家の娘として育ったけれど、たとえ私に何かあったとしてもシルバー公爵家はきっと何もしなかった。家族に助けてもらえないということは、私にとっていつの間にか当たり前のことになってしまっていた。私にとっての家族とは、嫌《いや》みを言われて、気が済むまで物差しで叩《たた》かれて、私の話なんて聞いてくれない人間達のことだった。私のことを見守って助けてくれるのは、いつだって妖精さん達だけだったから。

それに比べて、ルイスの家族はいつだってとても温かかった。何かあったら家族が守ってくれると思えるということは、私にとってとてもくすぐったくて、涙《なみだ》が出るほど幸福だと思えることだった。

応接室に入った瞬間《しゅんかん》に、私の目にはソフィア様のお屋敷《やしき》で見たのと同じようなライリー様の不機嫌《ふきげん》そうな顔が飛び込んできた。

「ライリー。久しぶりですね」

だけど、ルイスからの声かけにライリー様は少しだけその顔を綻《ほころ》ばせた。

「ルイス。お前は卒業しても変わらないな。……結婚式には出席できなくてすまなかった」

「騎士《きし》団に入団して最初の遠征《えんせい》だったのでしょう？　ライリーはずっと騎士になることを目指していたのでそちらを優先するのは当然のことです」

「懐《なつ》かしい。学生時代にはよくそんな話をしていたよな。キース殿下《でんか》を支えるという夢はもう叶わないが、それでも俺は必ず騎士団長になるぞ」

ルイスと話しているライリー様があまりに自然体で、ソフィア様や私に対する棘《とげ》のある態度とは全く違《ちが》っていて、私は思わず唖然《あぜん》としてしまった。

「だがお前には女を見る目がないな」

ルイスと和《なご》やかに話していたはずのライリー様が突然睨《にら》みつけるように私を見た。

「自分だと俺より爵位《しゃくい》が低いからとルイスの父親に泣きつくだなんて、随分卑怯《ずいぶんひきょう》な真似《まね》をするじゃないですか」

「私は、私の家族に事実を伝えただけです」

ライリー様の睨みに動じることなく平然と答えた私に、ライリー様は苛立《いらだ》ちを隠《かく》さなかった。

「マーガレット様のせいで俺は父親に怒られて、危《あや》うく謹慎《きんしん》までさせられそうになったんですよ！」

「これでソフィア様を盾《たて》に私を脅《おど》すことは永遠にできなくなりましたね」

「なんだとっ！」

私の言葉に激高して、思わずソファーから立ち上がりそうになったライリー様を見てルイスが声を荒《あら》げた。

「ライリー！　僕の妻を恫喝《どうかつ》するのは止《や》めてください！」

ルイスが声を荒げるだなんて……。こんなに感情的なルイスは今まで見たことがないわ。私の身に危険が及《およ》ぶことを心配してくれているのね……。私は思わずルイスを見つめてしまった。

「ルイス！　お前は学生時代を共に過ごしたこの俺よりも、たかだか妻だからという理由だけでマーガレット様を庇《かば》うのか⁉」

「ライリー。僕は、学生時代から貴方《あなた》の女性達に対する態度を窘《たしな》めてきたつもりです。少なくとも内面も知らない初対面の女性に対して酷《ひど》い言葉で傷つけることは止めた方が良《い》い、と」

「あの女達は俺の地位や名誉《めいよ》や顔を目当てに近寄ってきただけだ！　その証拠《しょうこ》に少し厳しいこ

とを言っただけですぐに踵《きびす》を返して怯《おび》えたようにそそくさと逃《に》げて行ったじゃないか！　挙句に俺のことを冷たい人間だなどと言いふらしやがって！」

ルイスの話を聞く限り『少し』厳しいどころの暴言ではなかったけれど……。

「ソフィアだってそうだ！　せっかく伯爵家の俺の婚約者になれるチャンスだったのに喜ぶどころか困ったような顔をしやがって！　おまけに少し強く言っただけで怯えやがった！」

私が見た限り『少し』強く言ったどころの態度ではなかったけれど……。

私はライリー様の身勝手な言い分に呆《あき》れながらも口を開いた。

「ソフィア様は、ライリー様とは無関係の方なので呼び捨てにするのはお止めください」

ライリー様は忌々《いまいま》しそうに私を睨みつけた。そんなライリー様に対して、ルイスは冷静に話しかけた。

「シンシア様は違ったのですか？」

「はぁっ!?」

「シンシア様は、ライリーの言っているような地位や名誉や顔を目当てに近寄ってきた人間とは違ったのですか？　ソフィア様を利用して傷つけてでも手に入れたいと思い詰《つ》めるほどに？」

ルイスのその冷たい声にライリー様は一瞬怯《いっしゅんひる》んだ。だけど、必死の形相で話し出した。

「シンシア様は、シンシア様だけは！　俺が厳しい言葉を吐《は》いても怯えなかった。変わらずに俺のことを知りたいと言った。今までそんな女はいなかった。どんな女も少し厳しいことを言っただけで手のひらを返したように俺から離《はな》れて行った。シンシア様だけはどんな俺でも変わらずに接してくれた。だから俺はシンシア様が時々見せる歪《ゆが》んだ顔さえも、それさえも愛《いと》しいと……」

「ライリー様は、シンシアの歪みに気付いていたのですか？」

思わずライリー様に問いかけてしまった。

だって、ライリー様はキース殿下と同じだと思っていたから。シンシアの愛らしい表面的な顔を見て、その様子を好ましいと感じているのだと思っていたから。シンシアがシルバー公爵家で見せていた歪んだ顔なんて知らずに愛していたのだと、そう思っていたから。

「マーガレット様に虐《しいた》げられたと話している時のシンシア様の顔は、いつも歪んでいましたよ。なぁ。ルイスも気付いていただろう？」

そんなライリー様の言葉にルイスは気まずそうに顔を伏《ふ》せた。きっと私に気を遣《つか》ってくれているのだわ。……シンシアが私から虐げられていると言いふらしていたことは知っていたから。そんなこと気にしなくても良いのに……。それでも私を心配していたわってくれるルイスのその優《やさ》しさを嬉《うれ》しいと思う。

「ライリー様は、その歪みさえ含《ふく》めて、それでもなおシンシアのことを……？」

「シンシア様はきっと優秀《ゆうしゅう》な異母姉《あね》を貶《おとし》めることでしか自分の価値を認められない不憫《ふびん》な女性なんでしょう。だから俺が助けてあげないといけないんです。俺だけがシンシア様を助けてあげることが出来るんです」

そんなことを言うライリー様は、まるで自分自身の言葉に酔《よ》っているかのようだった。

……シンシアが不憫？　じゃあ私は？　お母さまの形見のブローチ以外すべて奪《うば》われて、虐げられてきた私は？

「シンシア様は不憫な女性などではないですよ。それにこの世の中に誰《だれ》かから不憫などと決めつけられて良いような人間はいません」

私の心を代弁するかのように、ルイスはきっぱりと言ってくれた。

「ルイス。お前は俺を、学生時代の友人であるこの俺を否定するのか？」

「僕は、誰かの考えを否定したりなどしません。ですが自分が正しいと思うものしか肯定《こうてい》もしません」

「マーガレット様のせいだ！　貴女《あなた》のせいでキース殿下もルイスも変わってしまった！」

ライリー様はそう言って、今までで一番鋭《するど》く私を睨みつけた。その目はひどく鋭くて、その視線だけで殺されてしまうのではないかと錯覚《さっかく》してしまうほどだった。一瞬怯んだ私の隣《となり》でルイスが何か言いかけたけれど、それより前に妖精《ようせい》さん達が行動を起こした。

（マーガレットに意地悪するやつはやっつけるのー）

（ばっしゃばしゃの刑《けい》ー）

（前回より水量を二倍にしてやろうか）

妖精さん達の言葉と共に、ライリー様の頭の上からソフィア様のお屋敷《やしき》の時と同じようにまた水が降り注いだ。初めて見るその光景にルイスは驚愕《きょうがく》していた。その間にも妖精さん達はライリー様に何度も水を降らせていた。

（もっともっとばっしゃばっしゃにするのー）

（マーガレットに酷いこといっぱい言ったからやっつけるのー）

（次の水は辛辛《からから》にしてやろうか、それとも苦苦《にがにが》にしてやろうか）

くっきー、しょこら、みんと。さすがにもうやめて。ライリー様とソフィア様の婚約《こんやく》はなかったことになったからもう大丈夫《だいじょうぶ》よ。

私の説得を聞いて妖精さん達がやっと水を降らせるのを止めた後には、びしょ濡《ぬ》れになったライリー様が取り残されていた。

……すごい。ライリー様だけがびしょ濡れ状態で、床《ゆか》やソファーは全く濡れていないわ。妖精さん達の室内を配慮《はいりょ》したやっつけ方に私は思わず感心してしまった。これなら後片付けで使用人達の手を煩《わずら》わせなくて良いわね！　なんてことまで思わず考えてしまった。

「前回のことといい、なんだこれは！　伯爵《はくしゃく》令息であるこの俺にこんなことをしてどういうつもりだ！　マーガレット様を訴《うった》えますよ！」

びしょ濡れのライリー様は激高していた。

「マーガレットを訴える、ですか？　どういった件で？　マーガレットを睨《にら》みつけたら天罰《てんばつ》がくだって室内なのに突然《とつぜん》水が降ってきたとでも訴えるつもりですか？」

ルイスに冷静に言われてライリー様は何も言い返せなくなっていた。確かにそんなことで訴えたら、意味不明すぎてライリー様がおかしくなったと思われてしまうわ。

「そっ、それに！　もしかしてミントのことにもマーガレット様が関《かか》わっているんじゃないのか⁉」

「……ミント？」

その聞きなれた単語に嫌《いや》な予感がしすぎて、ライリー様に聞き返してしまった。

「ソフィアの屋敷でマーガレット様と話した日の夜から、毎晩毎晩大量のミントの葉にぐるぐるに巻かれて動けなくなる夢や、ミントでお口がすっきりさせられる夢を見るんだっ！　そしてなぜか俺がミントに謝罪するまでその夢は決して覚めなくて！　訳が分からな過ぎていい加減ノイローゼになりそうなんだよっ！」

思い当たる原因がどう考えても一つしかなくて、私は慌《あわ》てて妖精さん達の方を向いた。

くっきーとしょこらは、私から不自然に目を逸《そ》らして口笛を吹《ふ》いていた。みんとは、ライリー様を見ていたずらっぽく笑っていた。

みんと。もしかしなくても貴方《あなた》がライリー様にやってるわね？

（ミントを罵《ののし》った恨《うら》み忘れまじ。妖精は執念《しゅうねん》深いのだと思い知らせてやろうか）

みんと。ライリー様の様子がおかしいからさすがにもうやめてあげて。

（だっだが、ここでやめたらミントを馬鹿《ばか》にした男の末路が、みっ見られなくなってしまう）

み、ん、と。

（志半ばで断念するとは、我、無念なり）

しょんぼりとしたみんとが心なしかいつもよりも弱めに羽をパタパタさせて飛んで行った。

そんなみんとを、くっきーとしょこらが追いかけて行った。

（みんと元気出してー）

（僕は食べるとスースーするからミント好きだよー）

そんな妖精さん達の様子を見て、呆《あき》れながらも思わず可愛《かわい》いと思ってしまっていた私と、落ち込むみんとを見て戸惑《とまど》うルイスに、ライリー様は自分が無視をされていると感じたのか声を荒《あら》げた。

「シンシア様だって男爵《だんしゃく》にすぎないキース男爵とこのまま結婚生活《けっこん》を続けるよりも、次期騎士《きし》団長で伯爵家当主の俺と結婚する方がよっぽど幸せになれる！　マーガレット様は自分がルイスと結婚出来て幸せだから異母妹《いもうと》の幸せなんてどうでもいいんですね！　これ以上こんなに冷たい人間と話していても気分が悪い！」

言いたいことだけ言ったライリー様は、びしょ濡れのままモーガン伯爵家から出て行った。

「マーガレット。僕が不甲斐《ふがい》ないばかりに貴女に不快な思いをさせることになってしまいすみません」

　ライリー様が帰った後でルイスは悲しそうな顔をしていた。

「不甲斐ないだなんて……。どうして？」

「僕は、最後のライリーの暴言を何としてでも止めるべきでした」

「ルイスはいつだって私を、自分に出来る精一杯《せいいっぱい》で守ってくれるじゃない？　そのおかげで私は今も笑っていられるのよ？　それに……最後のライリー様の言葉は、きっと私自身が自分と向き合ってしっかりと考えなくてはいけないことだから……」

　言いながら私は、オリバー殿下《でんか》の歓迎《かんげい》パーティーでキース男爵から言われた言葉を思い出していた。

『……だけれど……マーガレットはただの一度さえもシンシアに会いには来なかったね。……もしも……本当にもしも……シンシアがこんなに我儘《わがまま》になる前に……マーガレットが止めてくれたなら……。マーガレットがシンシアを諦《あきら》めさえしなければ……』

　確かにシルバー公爵家《こうしやく》にいたころの私は、いつだって自分のことだけで精一杯だった。妖精さん達に守ってもらっていたからなんとか呼吸が出来ていたような状態だった。

……だから、シンシアの幸せが何かなんて考えたことがなかったわ。

「……私はきっとシンシアに会いに行かなければいけないと思うの……」

「マーガレット。以前も言いましたが、マーガレットがシンシア様を諦めてくれて本当に良かったと僕は心から思っているのです」

「私自身のためにも。……私は、今まで自分の心を守るのに精一杯でシンシアがどうして自分を虐《しいた》げるのかなんて、その理由すら考えたこともなかったわ。だけど、今なら。ルイスが私の心を守ってくれているから。だから、今なら。シンシアの本当の気持ちを知りたいと……そう思うの。きっとそれは、私自身が前に進むためにも必要なことなのだとそう思うの」

私はゆっくりと自分の中で考えながら言葉を選んで、それを口から出した。後悔《こうかい》しないように。

「……マーガレットがそう決めたのなら、僕はそれを支えます」

「ルイスの言葉はいつだって私の背中を押してくれるの。……いつも私を信じてくれてありがとう」

ルイスの優《やさ》しさを感じながら、それでも私は自分で口にしたことなのに、やはりシンシアに会うことを心のどこかで躊躇《ためら》っていた。

「マーガレット様。今日はお越《こ》しくださいましてありがとうございます。それにライリー様の件も本当にありがとうございました！」

先日のお手紙で『マーガレット様に直接御礼《おれい》を伝えたい』と言ってくださったソフィア様の気持ちが嬉《うれ》しくて、私はまたホワイト男爵家を訪《おとず》れていた。

「私がソフィア様のために出来たことなんてきっと何もないわ。だけど、何よりもソフィア様に明るい笑顔《えがお》が戻《もど》って本当に嬉しいわ」

私の言葉に、ソフィア様はとても嬉しそうに笑ってくださった。そんなソフィア様の笑顔を見て心がふんわりと温かくなっていた私の耳に、楽しそうな妖精《ようせい》さん達の声が飛び込んできた。

（いいにおいがするのー）

（ショコラミントクッキーのにおいだよー）

（他《ほか》にもたくさんの美味《おい》しい匂《にお》いがするのだと気付いてやろうか）

妖精さん達ははしゃいで応接室の方に飛んで行った。

「マーガレット様。応接室にご案内します」

楽しそうな妖精さん達を見つめていた私に声をかけてくれたのはシャーロットだった。

「シャーロット。ありがとう」

ソフィア様とシャーロットと一緒《いっしょ》に応接室に向かいながら、私はついつい執事《しつじ》を捜《さが》していた。

いつもだったらシャーロットと一緒に玄関《げんかん》ホールで迎《むか》えてくれるのに……。今日はお休みなのかしら？

（めがねがいるのー）

（カナンもいるよー）

（パーティーの始まりは、シャンパンのはちみつ割りミント添《ぞ》えオリジナルカクテルで乾杯《かんぱい》をさせてやろうか）

えっ？　ルイスに、カナン様？　妖精さん達は何を言っているのかしら？　ルイスは今日もお仕事に向かったし、カナン様がいらっしゃるだなんて聞いていないわ。

「扉《とびら》を開けますよ！」

困惑《こんわく》している私の隣《となり》で、ソフィア様が応接室のドアに向かって大きい声をあげた。……こんなに大きな声を出すなんてソフィア様どうしたのかしら？　更《さら》に困惑する私の目の前でシャーロットが応接室の扉を開けた。

「「マーガレット様、お誕生日おめでとうございます（ですわ）！！！」」

私は、目の前に広がる光景に愕然《がくぜん》とした。

応接室の中では、妖精さん達の言葉通りルイスとカナン様に執事とシェフまでもが勢ぞろいして私に向かって微笑《ほほえ》んでいた。そして、テーブルの上にはショコラミントクッキーやショートケーキにチーズタルトなどのたくさんのスイーツに、サンドイッチやポテトフライなどの軽食が揃《そろ》っていた。そして、シャンパンのボトルと紅茶のティーポットまでもが並べられていた。

「これは一体……」

混乱する私に向かって、ソフィア様が優しく答えてくださった。

「マーガレット様の十八歳のお誕生日を皆《みんな》でお祝いしたくて、少し早いですがサプライズです」

「サプライズ……」

私は皆の顔を見回した。皆とても優しい笑顔で私を見つめてくれていた。

「ルイスは仕事なんじゃ……」

「生まれて初めて嘘《うそ》をつきました」

「……優しい嘘ね。それにカナン様までいらっしゃるなんて……」

「お誕生日をお祝いするのは当然のことですわ！　友達なのですから！」

「ありがとうございます。去年もですが、カナン様にお友達と言っていただけて本当に嬉しいです」

私は改めて一人一人の顔を見た。

「ソフィア様達も忙《いそが》しいのにこんなに準備をしてくれてありがとう。とても嬉しいわ」

（お誕生日当日は私たちが一番にお祝いするのー）

（今年はめがねに一番は譲《ゆず》らないよー）

（忘れられない最高の記念日にしてやろうか）

くっきー、しょこら、みんなとも毎年ありがとう！　貴方達《あなた》に毎年お祝いしてもらえて本当に幸せなの。

くっきーの明るい笑顔、しょこらの照れたような甘い顔、みんとの満足げな顔。ルイスの温かい笑顔。カナン様の得意げな顔。ソフィア様の優しい笑顔。シャーロットの懐《なつ》かしい笑顔。涙《なみだ》ぐむシェフ。そして、緑色の瞳《ひとみ》で私を見つめる執事……。

皆の優しさを感じて。去年と変わらない温かさが胸に溢《あふ》れて。きっとこれからもこの方達は変わらずに、私の側《そば》にいてくれるんだろうなという安心感と揺《ゆ》るぎない信頼《しんらい》で満たされて。それだけで、たまらなく幸せで。生まれてきて良かったと。産んでくださったお母さまへの感謝が沸き上がってきて。

そして、執事の、お父さまの、その瞳を見ていたら、お母さまと同じ私の青い瞳からはいつかと同じようにまた涙が溢れてきた。

「マーガレット！　どうかしましたか？」

「マーガレット様？　大丈夫《だいじょうぶ》ですか？」

「また目にゴミが入ったのならすぐに流さなければいけないのですわ！」

私の目から涙が溢れた瞬間《しゅんかん》、笑顔だった皆の顔がとても心配そうなものに変わって、私は慌《あわ》ててしまった。

「違《ちが》うんです！　これは嬉しくて……。人前で涙を見せるだなんて貴族女性のしていいことではありませんが、抑《おさ》えられないくらい皆のサプライズが嬉しくて……。本当にありがとうございます」

私の言葉を聞いた皆が一斉《いっせい》に嬉しそうに微笑んだ。その笑顔を見ているだけで、私の心はまた満たされていくようだった。

「それでもすぐに目を冷やした方がいいでしょう。濡《ぬ》らしたタオルを用意しますので、マーガレット様は客間でお休みになってください」

私の心にお父さまの心配そうな声が届いた。

「マーカスありがとう。マーガレット様。目が腫《は》れてしまうといけないので、少しお休みください。マーガレット様が戻られましたら、皆で乾杯をしましょう」

ソフィア様の優《やさ》しさが沁《し》みてきた。

「僕が付き添います」

ルイスがそっと私の肩《かた》を支えた。

「すぐに執事が濡らしたタオルをお持ちしますので、少々お待ちくださいませ」

ルイスと私を客間に案内してくれたシャーロットは綺麗《きれい》なお辞儀《じぎ》をして、部屋から出て行った。きっと気を遣《つか》ってルイスと二人にしてくれたのね。

「ソフィア様からサプライズパーティーの連絡《れんらく》が来た時には驚《おどろ》きましたが、マーガレットが喜んでくれて本当に嬉《うれ》しいです」

「まさかサプライズパーティーだなんて想像もしていなかったから、すごく驚いたわ。でもそれ以上にすごく嬉しかったの。私のために皆が時間を割《さ》いて集まってくださったことも。ソフィア様達がたくさんの準備をしてくださったことも。すべて」

「誕生日の当日は僕にお祝いをさせてください。今年も抱《かか》えきれないほどのマーガレットの花束を贈《おく》ります」

「ルイス。ありがとう。それもとても楽しみだわ。……私もこれから毎年ルイスのお誕生日には、手作りのショコラミントクッキーを贈るわ」

「それは……とても楽しみです。楽しみすぎて前日は眠《ねむ》れないかもしれません……」

ルイスと私が見つめ合っている時に、扉がノックされた。

「濡らしたタオルをお持ちしました」

客間に入ってきた執事《しつじ》は、私にタオルを渡《わた》してくれた。

目が合うと心配そうに見つめてくれて、それが嬉しくて、私は思わず微笑んだ。

まさか本当のお父さまとお会いできるだけでなく、十八歳のお誕生日をお祝いしていただけるなんて、そんなことお母さまからのお手紙を読んだ十六歳の時には想像もしていなかった。

この現実が本当に嬉しくて、私はまた泣きたくなった。

「マーガレット……？」

お父さまに夢中になっていた私は、ルイスの発した声で我に返った。ルイスは、私の隣《となり》で息を呑んでいた。

ルイスは、学園に通っていたころからずっと私を見てくれていた。だから、きっとお父さまに対する私の様子がいつもと違うことに気付いたのだわ。

私の瞳が、家族を映していることに。

ルイス以外の人間なら決して気付かないような些細《ささい》な私の変化に、ルイスだからこそ気付いたのだわ。

ルイスは静かに私の顔を見つめて、それからお父さまの顔を見つめた。

そしてお父さまのタイピンに視線を移した時に、私のお母さまの形見のブローチとペアのようにそっくりなことに、その宝石の色の意味さえも含《ふく》めてきっと気付いたのだろう、とても驚いた顔をした。

私はそんなルイスに対して何も言うことができなかった。客間に長い沈黙《ちんもく》が流れた後で、ルイスは立ち上がった。

「僕は先に戻《もど》っています。すみませんが、マーガレットが休んでいる間、付き添《そ》っていてくださいますか？」

ルイスから声をかけられた執事は、一瞬《いっしゅん》とても驚いた顔をしたけれどすぐに真顔に戻って頷《うなず》いた。

「マーガレット様が落ち着かれましたら、応接室にご案内します」

「ありがとうございます。僕は一人で戻れますので、このまま応接室に向かいます」

ルイスは、お父さまと私が残された客間の扉《とびら》をしっかりと閉めた。そしてそのまま客間を後にした。

……ルイスは気付いていたわ。

執事が、私の本当のお父さまであるという事実に……。

だからこそ私が男性と二人きりになるのにもかかわらずしっかりと扉を閉めたのだわ。だけど、何も言わずにいてくれた。それだけなく、お父さまと向かい合う時間を与《あた》えてくれた。もしもチャンスがあれば、私はお父さまにどうしてもお伝えしたいことがあった。だけど、お友達のお屋敷《やしき》の執事と二人きりになる機会なんてそうそう訪《おとず》れるはずがない。前回お父さまと二人きりでお話ができたのは本当に恵《めぐ》まれていたのだと、きっと最後のチャンスだったのだと、そう諦《あきら》めていたのに。ルイスが私にもう一度お父さまと向き合う時間を与えてくれた。

私は、ルイスが与えてくれた大切な時間を無駄《むだ》にしないよう決意を込めて妖精《ようせい》さん達の方を見た。

くっきー、しょこら、みんと。お願いがあるの。

（マーガレットのお願いー？　なぁにー？）

（なんでも叶《かな》えるよー）

（この屋敷ごとシャンパンでしゅわしゅわにしてやろうか？）

十六歳の誕生日の日にお母さまが私に贈ってくださったあのお手紙を出してほしいの。

（いいよー）

（そんなの簡単だよー）

（我々の手にかかればちょちょいのちょいだと教えてやろうか）

妖精さん達の言葉と共に何度も何度も読み返した大切なお手紙が私の手元に現れた。その通常ならありえない出来事にお父さまは驚いた顔をしたけれど、何も言わずに私を見つめていた。

「マーカス様に読んでいただきたい……読んでいただくべきだと思うお手紙があるのです」

「……私に、ですか？」

「私の母から十六歳の誕生日に贈られた私宛《あて》の最初で最後のお手紙です」

「スカーレット様からの……」

お父さまは今度こそとても驚いたまま、その緑色の瞳《ひとみ》を揺《ゆ》らした。私はそんなお父さまにそっと一通のお手紙を差し出した。戸惑《とまど》いながらも、お父さまはそのお手紙を読み始めた。

お母さまとお父さまはお別れもできないまま引き離《はな》された。だから、私はお母さまの気持ちを、引き離されてからも心の底では変わらずに持ち続けていたお父さまへの想《おも》いを、どうしてもお父さまには知っていてほしいと、そう願ったの。それに、先日シャーロットが話していた三通目のお手紙。そのお手紙にはきっとこのお手紙に書かれていたのと同じように、お父さまへの想いが書かれていたのだと思うから。

だから、私はこのお手紙をお父さまに読んでいただきたいと、そう願ったの。

そんな私をずっと側《そば》で支えてくれたのが、専属執事のマーカスでした。マーカスは、いつだって私の側にいて、励《はげ》まして、支えて、時には私の涙《なみだ》を拭《ふ》いてくれました。

私は、マーカスに恋《こい》をしました。

身分が違《ちが》う私達が本当の意味で結ばれることはありえないことでしたが、それでも私は彼に恋をしたのです。

そして、あなたを授《さず》かりました。

あなたは、あなたの本当のお父さまと私が心から愛し合って生まれた、かけがえのない宝物です。

お手紙を読むお父さまの表情はとても真剣《しんけん》だった。そして、お手紙を読み終えた時に、その緑色の瞳から一粒《ひとつぶ》の涙を流した。
私が家族のことを思うと思わず泣いてしまうのは、お父さまとお母さま譲《ゆず》りなのかもしれないわ。些細なことだけれど、それでも、血の繫《つな》がりを感じられることが嬉《うれ》しいと、そう思った。

「スカーレット様は、太陽のような人でした」

お父さまは、とても愛《いと》しそうに言葉を紡《つむ》いだ。

「私の前ではよくご自分のことを『平凡《へいぼん》でなんの取り柄《え》もない』などと言って嘆《なげ》いておられましたが、周囲から見れば完璧《かんぺき》な伯爵令嬢《はくしやくれいじよう》でした。それでも、スカーレット様ご自身は、特にご両親の前では……『失望されたくない』といつも委縮されていました。……ですが、私と二人の時にはとても活《い》き活きとしていました。少しでも楽しいことがあるとすぐに笑って、うまくいかないと悔《くや》しがり、悲しいと素直《すなお》に泣いて、些細なことでも納得《なつとく》がいかないと怒《おこ》り、感情がすぐに顔に出る方でした。その天真爛漫《てんしんらんまん》な明るさは、まるで太陽みたいに眩《まぶ》しく私を照らしてくれました。……そして、他《ほか》の人間の前では完璧な貴族令嬢として振《ふ》る舞《ま》える彼女が、そのように自由な行動をするのは自分の前だけだと気付いた時には、彼女を愛していました」

お父さまはそこで言葉を切って、それからまっすぐに私を見つめた。

「私は、彼女と出会えたことを、彼女に愛していただけたことを奇跡《きせき》だと思っています。そして、彼女の子どもを何よりもかけがえのない宝物だと思っています。生まれてきてくれて本当に良かったと心から感謝しています」

私の名前を出すことはなかったけれど、それでもお父さまからまっすぐに『宝物』だと伝えられて、私の青色の瞳からも一粒の涙が流れた。

そこから言葉はいらなくて、私達は二人で見つめ合った。ただそれだけで、離れていた長い時間が満たされていくようだった。

「……一年程《ほど》前のとてもよく晴れた日に、青空が突然《とつぜん》真っ白に染まりました。それは空を埋《う》め尽《つ》くす程のまっ白なマーガレットの花びらでした」

ふいにお父さまが口を開いた。

「あの日は、私にとってとても特別な日で、『大切な人が幸せになれますように』と祈《いの》りながら何度も空を見上げていたのでよく覚えています」

それは私の結婚式《けっこんしき》の……。お父さまが幸せを祈っていた相手はきっと……。

「そして空に現れたマーガレットの花びらは地上に降り注ぎ、そのうちの一枚の花びらが私の手元に落ちてきました。信じられないことにその花びらは、私の手のひらで一輪のマーガレットの花に変わりました。私だけでなく、シャーロットやシェフ、この屋敷《やしき》の使用人全員に同じことが起こっていました。気付くと皆《みんな》の手には一輪のマーガレットの花が握《にぎ》られていたのです」

お父さまは緑色の瞳を輝《かがや》かせて眩しそうに私を見つめた。

「そのマーガレットの花びらはソルト王国だけでなく世界中に飛んで行き、病《や》める人の許《もと》では薬になり、飢《う》える人の許ではパンになり、窮《きゅう》する人の許では金貨になったと聞きました。その話を聞いて、その花びらが手のひらで一輪のマーガレットの花に変わった自分はなんて恵まれているのだろうと思ったのです」

「……恵《めぐ》まれている？」

「私は、私だけでなくこの屋敷で働く人間達は、病んでもいないし、飢えてもいないし、窮してもいないということを改めて感じることができたのです」

そんな風に思っていただけたなんて。

「……オルタナ帝国《ていこく》でそれまで勤めていたお屋敷を追い出されてから、このお屋敷で働かせていただくまでの間に色々なことがありました。……飢えて、窮して、絶望しそうになった苦しい時間もありました。もしもあの苦しかった時に花びらが舞い落ちたなら、間違《まちが》いなく一輪のマーガレットの花には変わらなかったのだと思います。もしあの時に目の前でマーガレットの花びらがパンになったのなら、金貨になったのなら、そんな奇跡が目の前で起こったのなら、それはあの時の私にとってはとてつもない救いになったと思います。けれど、病んでいない、飢えていない、窮していない今でさえそれはとてつもない希望になりました」

お父さまの言葉を聞いて、私はレオナルド殿下《でんか》から言っていただいた言葉を思い出した。

『マーガレット様の結婚式での出来事は希望になったと思うんだ』

『だけどそれは、ただ薬や、パンや、金貨を与《あた》えられたからという物理的な話だけではなく、奇跡が起きたという精神的な希望によって』

「私は、マーガレット様を誇《ほこ》りに思います」

お父さまの言葉は、私の体中に染《し》み入るようだった。

「それは、スカーレット様からのお手紙にあるようにマーガレット様が妖精《ようせい》の愛《いと》し子だからではありません。ソフィア様の、友人の幸せのために自らの危険も顧《かえり》みずライリー様に向かってくださるマーガレット様だからこそ。私は妖精の愛し子だからではなく、マーガレット様ご自身を愛しているのです」

それは何物にも替《か》えがたい、私にとってのかけがえのない言葉になった。

十六歳になったその日にお母さまからいただいたお手紙には、誰《だれ》にも言えない私の秘密が二つ記されていた。

一つは、私が妖精の愛し子であること。

一つは、私がシルバー公爵《こうしゃく》の本当の娘《むすめ》ではないこと。

その二つの秘密をどちらも知る人間は、今のこの世界には私以外に二人しかいない。

一人は、目の前で私を見つめる唯一無二《ゆいいつむに》のお父さま。

一人は、きっと先ほど私の秘密に気が付いた、だけど何も言わずに受け止めてくれた大切なルイス。

タオルで目を冷やした後で、私と執事《しつじ》は皆のいる応接室に戻《もど》った。皆は楽しそうに話をしていたけれど、飲み物にもお菓子《かし》にも手をつけずに私を待っていてくれた。

「マーガレット様おかえりなさいませ」

ソフィア様が優《やさ》しく笑って微笑《ほほえ》んでくれて。

「目が腫《は》れていなくて安心したのですわ」

カナン様が心配そうに言ってくださって。

「すぐに飲み物の準備をします」

シャーロットが懐《なつ》かしい働きぶりで。

「今日のショコラミントクッキーには僕の魂《たましい》が籠《こも》っています」

シェフがドヤ顔をしていて。

（私たちもマーガレットが来るまで我慢《がまん》したのー）

(つまみ食いなんてしてないよー)

(乾杯《かんぱい》を待ちわびていたと伝えてやろうか)


妖精さん達がとても元気で。

「マーガレット。乾杯をしましょう」

ルイスが何も変わらず私に微笑んでくれた。


私にはこんなにも大切な人達が近くにいてくれて、病んでもいないし、飢えてもいないし、窮してもいない、それはどれほど恵まれていることなのか、やっと気付いた。

シンシアに会いに行くというほんの少し戸惑《とまど》っていた気持ちに、今は迷いはなかった。

そして、フェスティバルでのスピーチも前向きに考えようと思った。それでも誰かの希望になれるなら。私は、私に出来ることならどんなことでもやってみようと思った。


「「「「乾杯(ですわ)!!」」」」


ルイスとカナン様とソフィア様と私はシャンパングラスで、仕事中の執事とシャーロットとシェフはティーカップで乾杯をした。

一口飲んだそのシャンパンは、もしかしたらオルタナ帝国の皇城で出されたものとは品質は違《ちが》うかもしれないけれど、それでも私には結婚式の時と同じくらいに幸せな味がした。

「ルイス様！　すでに顔が真っ赤ですわ！　そのようにアルコールに弱くては次期宰相《さいしょう》候補には相応《ふさわ》しくないのですわ！」

シャンパンを飲みながら美味《おい》しいお菓子や軽食をつまんでしばらく経《た》った頃《ころ》にカナン様の声が響《ひび》いた。ルイスがアルコールを飲むとすぐ真っ赤になるのはいつものことだけれど……。それよりもカナン様も真っ赤なお顔をされているわ。それに言っていることもなんだかおかしいような……宰相とアルコールの強さは関係ないように思えるけれど……。

「カナン様。僕はこの眼鏡に懸《か》けて、マーガレットを生涯《しょうがい》愛することを誓《ちか》った男です」

「ルイス様。その眼鏡に懸けて誓ったということは絶対に破棄《はき》することなどできませんわよ」

「カナン様。もちろんです。僕の眼鏡に対する誠実さはご存知でしょう？」

「ルイス様。それを言われてしまうと私はもう何も言えないのですわ。私は、貴方《あなた》の眼鏡に対する愛情は認めているのですわ」

「カナン様。まだまだです。僕のマーガレットに対する愛情と眼鏡に対する愛情は無限なのです」

「ルイス様。べっ、別にすっ少しも羨《うらや》ましくなどないのですわ。私だっていつか無限に愛してくださる方を見つけるのですわ」

「カナン様。カナン様にも必ず素敵《すてき》な方が見つかると僕がこのスペアの眼鏡に懸けて宣言します」

「ルイス様。ルイス様のスペアの眼鏡に懸けて宣言されても少しも嬉《うれ》しくないのですわ」

「カナン様。ではカナン様はどのような男性が好みなのですか？」

酔《よ》っ払《ぱら》ったルイスのぶしつけな質問に私は慌《あわ》てた。隣《となり》にいたソフィア様も慌てていた。

以前、三人でお茶をした時にソフィア様がカナン様に同じ質問をしたことがあるのだけれど、その時のカナン様は、顔を少し赤くして、『そのようなこと言いたくないですわ』としか答えてくださらなかったから。

だけど、そんな私達の心配を余所《よそ》にカナン様はルイスにはっきりと答えていた。

「ルイス様。私は、怒《おこ》ってくれる人が良いのですわ。私のために怒ってくれる人。私は、理不《りふ》尽《じん》なことや納得《なっとく》のいかないことがあれば、言いたいことは自分で言えますが、それでも私のために一緒《いっしょ》に怒ってくれる人がいたらきっと嬉しいのですわ。それから私に怒ってくれる人。私が我儘《わがまま》だったり、悪いことをしてしまったらそんな私をきちんと怒ってくれる人が良いのですわ」

私とソフィア様は目を見合わせた。

「ソフィア様。もしかしてカナン様もかなり酔っ払っているのかしら……」

ソフィア様はいつもの優しい笑顔《えがお》で楽しそうに笑った。

「どうやらカナン様もアルコールには強くないようですね。マーガレット様の結婚《けっこん》式の時も乾杯のシャンパンでお顔を赤くしていらっしゃいましたが、炭酸が苦手なようで一口しか召《め》し上がっていなかったんです。今日はグラスを飲み干していらっしゃるからか、かなり酔っているようですね」

「ルイスもかなり酔っ払っているみたい」

「きっとお二人ともマーガレット様のお誕生日をお祝いできるのが嬉しくて、楽しくてつい飲みすぎてしまったんですね」

「私もついつい飲みすぎて、少し顔が熱くなってきたみたい。……ソフィア様は結構召し上がっているけど、全然平気そうね？」

「私はたまにお父様とワインを嗜《たしな》んでいるので……」

「きっとソフィア様はアルコールに強いのね」

「嗜むといっても、チョコレートやチーズと一緒に赤ワインを一本飲み干す程度ですが」

「二人で一本だったら十分だわ」

「いえ。一人一本です」

「えっ？　一人で？　ソフィア様が？　ワインを一本飲むの？　えっ？　一人で？」

驚《おどろ》きすぎて思わず大きい声を出してしまった私に、ソフィア様は照れくさそうに微笑んだ。

（まだお土産《みやげ》のはちみつが残ってたのらーうぃー）

（僕たちもはちみつで乾杯したのらーうぃー）

（我、酔っ払いなり）

ただでさえソフィア様の酒豪《しゅごう》っぷりに驚いていた私の耳に、次から次へと酔っ払い達の声が聞こえてきた。

「ルイス様。私だって本気を出せばワインの十本くらい余裕《よゆう》で飲み干せるのですわ」

「カナン様。体のためにも飲みすぎはお勧《すす》めしませんが、僕だってワインの二十本くらい素面《しらふ》で飲めます」

（レオが好きらーうぃー）

（かんぱーいーうぃー）

（乾杯とは乾杯なのである）

呆《あき》れつつも、とても楽しそうなルイスやカナン様や妖精《ようせい》さん達の声を聞いていたら、なんだか私までとても楽しくなってきた。

「大切な人達に囲まれてお祝いをしていただいて、とても幸せな誕生日のサプライズパーティーだわ。皆《みんな》本当にありがとう」

私は、ホワイト男爵《だんしやく》家の皆に向かって言った。そんな私の言葉に、ソフィア様も執事《しつじ》もシャーロットもシェフも、とても嬉しそうに笑ってくれた。


「ミラー男爵領まではあと二時間くらいですわ！」

シンシアの住んでいるミラー男爵家のお屋敷《やしき》へは、キーファ公爵《こうしやく》家の馬車に乗せていただきカナン様と一緒に向かっていた。

あの誕生日パーティーで私が『シンシアに会いに行く』という話をすると、カナン様から『私も一緒に行くのですわ』という申し出をいただいて、あっという間に日程を決めてくださったのよね。

「カナン様。今日は本当にありがとうございます」

「私は、私が行きたいと思ったから行くだけですわ。それに……ソフィア様の婚約《こんやく》の件では、何も知らなくて力になれず悔《くや》しかったのですわ」

「ソフィア様はきっとカナン様に心配をかけたくなかったのですよ」

「それでも私に言ってくだされば、ライリー様など学生時代と同じようにすぐに追い払《はら》ってあげたのですわ」

「えっ？　カナン様は学生時代からライリー様と交流があったのですか？　私はお顔は知っていたのですがお話ししたことはなくて……」

「入学してすぐの頃に、サナ子爵令嬢《ししゃくれいじょう》がライリー様に話しかけたら侮辱《ぶじょく》をされたらしく目を真っ赤にしていたのです。それですぐにライリー様のところに行って『女性を泣かせるだなんてキース殿下《でんか》の側近候補に相応しくないですわ』と忠告してさしあげたのですわ」

その光景がすぐに想像できて私は思わず笑いそうになってしまった。……だけど、あんなに女性を侮蔑《ぶべつ》しているライリー様にそんなことを言ってしまって大丈夫《だいじょうぶ》だったのかしら？

「それでライリー様はなんと？」

「何も言わなかったのですわ」

「……何も？」

「ずっと呆然《ぼうぜん》としたまま無言だったので、『このままではお話にならないので失礼しますわ』と言い残して帰ったのですわ」

あのライリー様が女性相手に呆然として何も言えないだなんて……。私は、以前カナン様のお名前を出した時にライリー様の顔が一瞬《いっしゅん》引きつったように見えたことを思い出した。あのライリー様を呆然とさせるだなんて、さすがカナン様だわ。

「マーガレット様。私は、キース男爵と結婚した後にもシンシア様と会話をしたことがございます。……彼女は自分の何が悪かったのかきっと未《いま》だに理解出来ていないのですわ」

そろそろミラー男爵領に着くという頃《ころ》に、カナン様はそれまでのとりとめのない話から一転して真剣《しんけん》な顔をした。

「……はい。……ですが……私はもうシンシアの言葉や行動では傷つきません」

私も真剣に答えた。大丈夫。だって、ルイスが、カナン様が、側《そば》で支えてくれる皆様《みなさま》が、今の私にはいてくれるから。だから……幼かったあの頃の自分とはきっともう違《ちが》うのだから……。

私の決意表明にも似た言葉を聞いてカナン様は、納得《なっとく》したように優《やさ》しく微笑《ほほえ》んだ。

「……マーガレット様！　私は、子どもの頃にガーデンパーティーでマーガレット様と出会えたおかげで成長できたと思っているのですわ」

微笑んでいたカナン様が突然《とつぜん》硬《かた》い顔をして言うので、私は戸惑《とまど》った。

「カナン様。ありがとうございます。……急にどうされたのですか？」

「……本当はマーガレット様にお伝えしたいことがもっとたくさんあるのですが……。ですが今日のところはここまでですわ！」

「……えっ？」

「次はもっと素直《すなお》に気持ちを伝えられるように精進《しょうじん》するのですわ！」

めらめらと決意を固めるカナン様についていけず、私はただカナン様のまっすぐな瞳《ひとみ》を見つめることしか出来なかった。

第5章　傲慢《ごうまん》な者達が気付いたこと

◆キース元殿下の後悔《こうかい》◆

「お姉様が私に会いにこんな場所まで？」

先触《さきぶ》れがあったことを伝えるとシンシアはひどく戸惑ったような曖昧《あいまい》な顔をしていた。

「なんで？」

「理由までは……。先触れはキーファ公爵家から来ていてね、マーガレット様も一緒《いっしょ》にシンシアに会いに来ると記載《きさい》されているよ」

伝えながら、マーガレットの訪問をきっかけにシンシアが少しでも変わってくれることを僕はきっと心のどこかで期待していたんだと思う。けれど返ってきた答えはどこまでいっても今まで通りのシンシアのままだった。

「じゃあ久しぶりにドレスが買いたいわ！　キースと結婚《けっこん》してから何も買ってもらってないも

の」

「……そんな余裕《よゆう》があれば少しでも領民のために使うべきだと何度も説明しているだろう？それに実の姉に会うのにドレスを新調する必要なんてないだろう？」

「領民のため、領民のためってキースはいつもそればっかり！　お姉様より素敵《すてき》なドレスを着て、私の方が幸せだってお姉様に見せつけないといけないのに！」

「……実際のシンシアは幸福ではないのに？」

思わず疲《つか》れたように言ってしまった僕の言葉に、シンシアはその可愛《かわい》らしい顔を歪《ゆが》ませた。

結婚してから、僕は何度もシンシアのこの歪んだ顔を見た。マーガレットの結婚式の日まで一度だって見たことのなかったその歪んだ顔を何度も何度も。

シンシアが初恋《はつこい》だった。とても愛《いと》しいと思っていた。婚約者であるマーガレットの話を全く聞かなくても問題ないと思ってしまえるほどに。けれど僕が見ていたシンシアは、真実ではなかった。

廃嫡《はいちゃく》されることが決まってからの僕は、ずっと後悔をしていた。

どうしてマーガレットともっと話をしなかったのか？　どうしてシンシアの本質をもっときちんと見ようとしなかったのか？　ルイス様の忠告を、カナン様の苦言を、どうして受け流してしまったのか？　もっと見ていたのなら、もっと聞いていたのなら、そうすればもしかしたらマーガレットが聖女であると気付くことが出来たかもしれないのに。

マーガレットが聖女だと気付くことさえ出来たのなら、僕は決して道を誤ったりはしなかったのに。

「紅茶がぬるいわ！　すぐに淹《い》れなおして！」

僕に何も言い返せなくなったシンシアはメイドに八つ当たりを始めた。メイドは慣れた手つきで謝ることもせず黙々《もくもく》と新しい紅茶を用意し始めた。

「公爵家のメイドだったら必死で謝っていたのに！」

シンシアはイライラとしたように叫《さけ》んだ。シンシアに必要以上に怯《おび》える必要がないように、使用人達には『シンシアには人事権はない』と通達してある。『もしシンシアから過度な嫌《いや》がらせ等があった場合にはすぐに報告してほしい』とも。今のところそんな報告が来ていないことだけには安堵《あんど》していた。

「お久しぶりですわ！」

　学生時代と変わらない明るさでミラー男爵《だんしゃく》領を訪《おとず》れたカナン様の隣《となり》には、マーガレットが心なしか緊張《きんちょう》した面持《おもも》ちで立っていた。そんなマーガレットを見て、婚約《こんやく》者だった時代にマーガレットが感情を表情に出すことはほとんどなかったなとふと思った。

「キース男爵。シンシア。お久しぶりです」

「カナン様。マーガレット様。本日はお越《こ》しくださいましてありがとうございます」

　僕が二人に挨拶《あいさつ》をしても、僕の隣にいるシンシアは何も言わず立っているだけだった。

　今日のシンシアは、シルバー公爵《こうしゃく》家から持参した中で一番高価なドレスを着て朝から何度もメイドに化粧《けしょう》や髪型《かみがた》をやり直しさせて外見だけは結婚してから一番華《はな》やかに飾《かざ》っていた。

「……シンシアと二人で話をさせていただけますか？」

　マーガレットは、僕とシンシアを交互《こうご》に見た。

「お姉様と二人きりで？」

僕よりも先にシンシアが戸惑ったように応答した。

「私達がまともに二人で話をしたことは、きっと今まで一度もなかったでしょう？」

「だってお姉様は搾取《さくしゅ》されるためだけの人間だから……。二人で話なんて……」

当たり前のようにシンシアの口から出た暴言にもマーガレットは顔色一つ変えなかった。

「二人で話をするのならマーガレット様とシンシアは応接室を使ってください。カナン様は……庭にティーセットを用意させていただいても良いでしょうか？　お客様をおもてなし出来るような応接室は一つしかなくて……」

僕が第一王子だった時には、シンシアとお茶をするだけでも王宮に数ある選択肢《せんたくし》の中からその日の気分に応じて好きな場所を選択《せんたく》していた。だけど今の僕には来客をもてなすための場所の選択肢さえもなかった。この屋敷《やしき》には、来客をもてなすことの出来る場所は、応接室以外には庭園とも呼べないような庭しかなかった。最近は感じることも少なくなってきていたけれど、第一王子だった頃《ころ》と男爵家当主である今とのその格差に僕は心の底で自嘲《じちょう》した。

「自然に溢《あふ》れた良い場所なのですわ」

公爵令嬢《こうしやくれいじよう》であるカナン様は、今までこんなに貧相な庭でお茶などしたことはないだろうに、それでも嫌な顔一つしなかった。

……彼女は相手がこれから担《にな》う役職や責任において『相応《ふさわ》しくない』と感じたら一直線で向かって来て忠告してきたけれど、田舎《いなか》の男爵に過ぎない僕のもてなしはこれで十分なのだろう。

……そうか。僕にはもうカナン様に苦言を呈《てい》されるほどの価値すらもないのか。

「二か月後の『聖女の儀式《ぎしき》』の日にはミラー男爵領でもフェスティバルを開催《かいさい》するのでしょう？」

一年程《ほど》とはいえ王妃《おうひ》教育を受けていたはずのシンシアよりもずっと洗練された所作で紅茶を飲みながら、カナン様は僕に問いかけた。近くで控《ひか》えているメイドですらカナン様のその優雅《ゆうが》な仕草に釘付《くぎづ》けになっていた。

「はい。ミラー男爵領にある教会の通り沿いで、王都よりはずっと規模は小さいですが屋台や出店を出します」

王宮からレオナルドの名前で王国中の領主宛《あて》に届いたフェスティバルの知らせを読んだ時には本当に驚《おどろ》いた。

王都では『聖女の儀式』を開催する教会近くの広場を中心にフェスティバルを開く。王都から遠くそのフェスティバルに参加できない領については、領内の教会近くで同様にフェスティバルを開催してほしい。その準備には貧しい領民を積極的に採用して、もし領内の予算だけで開催が難しい場合には然《しか》るべき申請《しんせい》をすれば補助金が出ることまで記載《きさい》されていた。

『聖女の儀式』は確かにソルト王国民の義務ではあるけれど、こんな田舎では十六歳になる年の女性以外には縁遠《えんどお》い儀式となっていた。女性達にとっては、十六歳になる年の『聖女の儀式』の日に初めて王都に行けることが一大イベントとなっていると領主になってすぐに教えてもらって、王都とは随分《ずいぶん》感覚が違《ちが》うのだなと思った。今回のフェスティバルについて領民に通達した時には、今まで『聖女の儀式』の恩恵《おんけい》に与《あずか》れていなかった領民達は目を輝《かがや》かせた。

このフェスティバルについて誰《だれ》が発案者かは分からなかったけれど、もしその誰かがあと二年早く発案してくれたなら、国民にはレオナルドではなく僕の名前で公表できたのに、と思わずそんなことを考えてしまった。もしこのように大きな実績があれば、僕は廃嫡されなかったかもしれないのに、と。

「フェスティバルについては、レオナルド殿下《でんか》が一人で考えて意見を出したようですわ」

そんな僕の浅はかな考えを見透《みす》かしたかのように、カナン様は当然のように言った。

「……レオナルドが？　……国王陛下や宰相《さいしょう》の提案ではなく？」

「ええ。考えたのはレオナルド殿下ご自身ですわ。もちろん詳細《しょうさい》を決めるためには、重鎮《じゅうちん》達だけでなくルイス様達若手の意見も積極的に取り入れたと聞いておりますが」

足元が崩《くず》れていくようだった。

どうしてだ？　第一王子だった頃の僕は、そんなこと思いつきもしなかったのに。だって少なくとも僕が生まれた時からずっとソルト王国はとても豊かだったから。それに『聖女の儀式』はもう何百年も前からずっと当たり前に行われているものだったから。きっとだから僕は、それらを現在以上に向上させようだなんて考えることすらしなかった。

国をもっと豊かにする方法？　それは国王になってから必要であれば検討すればいい。学生時代は王子教育を学んでいるし生徒会の仕事だってこなしているのだからそれで十分だと思っていた。学生である僕に必要なことは、誰の意見でも聞いて平等に判断することだとそう思っていた。

『聖女の儀式』をただの儀式ではなく国民全員のイベントとして盛り上げる？　貴族にとって

は『聖女の儀式』は国を左右する重大なイベントだけど、田舎の平民にとっては形骸《けいがい》化していたなんて、そんなことは知らなかった。……だけど知らなかったのはレオナルドだって同じはずだ。それなのにどうしてレオナルドにはフェスティバルなどと考えることが出来たのだろうか？　……いや、僕は知らないまま知ろうともしなかった。だけどきっとレオナルドは知ろうとしたんだろう。国をもっと豊かにするために出来ることがないか考えていく中で、王子教育だけでは、学園に通うだけでは、知ることの出来ない世界を弟はきっと自ら知ろうとしたのだ。

……同じ頃の僕は、ただシンシアが聖女かどうか、そればかりを気にしていたのに。

僕は確かにソルト王国の第一王子だったけれど、公爵家の令嬢を婚約者にもってさえなお王太子には任命されていなかった。だけどレオナルドは、僕が廃嫡《はいちゃく》されてすぐに王太子に任命された。それは、きっとそういうことなのだと思う。絶望的な事実に気付いて、僕はただ自分の心がひどく落ち込んでゆくのを感じていた。

「貴方《あなた》は、もしかしてオリバー殿下の歓迎《かんげい》パーティーの時にマーガレット様に何かを言ったのですか？」

カナン様がいるのにもかかわらず考え込んでしまっていた僕は、カナン様のその冷静な声に顔をあげた。

「マーガレット様は何も言いませんが、貴方と話した後で何か落ち込んでいる様子でした」

僕はあの時、思わず漏《も》れてしまった自分の呟《つぶや》きを思い出した。

『……だけれど……マーガレットはただの一度さえもシンシアに会いには来なかったね。……もしも……本当にもしも……シンシアがこんなに我儘《わがまま》になる前に……マーガレットが止めてくれたなら……。マーガレットがシンシアを諦《あきら》めさえしなければ……』

「あれはマーガレット様に伝えたかった訳ではなく、ただの独り言で……」

そうだ。マーガレットに文句を言いたかったわけでは決してない。僕は過去の自分の行いを後悔《こうかい》しているし、シンシアを救ってくれたマーガレットに感謝だってしている。ただ思い通りにいかない領地経営や、変わらないシンシアという現実に疲《つか》れて思わず呟いてしまっただけに過ぎないんだ。……まさかマーガレットがその言葉を聞いていて、本当にシンシアに会いに来るなんて……そこまで望んでいたわけでは決してなかったのに。

「貴方は、後悔の人、ですわね」

そう言うカナン様は厳しいまなざしで僕を見ていた。そのまなざしは僕には見覚えがあった。それは、マーガレットと婚約破棄《こんやくはき》をしたいと宣言した時の僕に向けられたレオナルドからのまなざしと同じだった。

「私は、自分が間違《まちが》ったことをしたのなら後悔ではなく反省をします。今まで何回も間違えてしまったことはございますが、そのたびに何が間違っていたのか自分自身の行いを反省して、次はどうしたら間違えないか毎回しっかりと考えているのですわ」

厳しいまなざしを僕から逸《そ》らすことはなく、カナン様は言葉を続けた。

「貴方は後悔の人で、自分のしてしまったことを後から悔《く》いることしかしていないから同じことを繰《く》り返すのですわ」

カナン様のその言葉は、今まで彼女から聞かされてきたどの苦言よりもずっと僕の心に響《ひび》いた。

カナン様の言う通り僕はずっと自分の行動を後悔していた。マーガレットが聖女だと気づいていたら。レオナルドと同じように考えられていたら。未来は変わっていたかもしれないのに、と。そうだ。そんな風にいつだって僕は、ただひたすらに後悔をしていた。

マーガレットに謝罪をしたことだって僕自身が楽になりたかっただけで、心から悪かったと本当に思っていただろうか？　本当に思っていたのなら、あんな身勝手な呟きが自然と口から出たりするだろうか。

僕は……。シンシアのあの歪《ゆが》んだ顔を見た時から本当は何も変わっていないのだろうか。ただ後悔をするだけで反省なんてしなかった僕は……。僕自身こそ本当にシンシアを諦めていなかっただろうか？　僕は……。

「これからの人生は、今までの人生よりもずっとずっと長いのですわ。反省は今からでも十分間に合います」

カナン様のそのまなざしからは、先ほどよりも厳しさが和《やわ》らいでいた。学生時代にはただの無礼な令嬢だと思うだけで顧《かえり》みようともしなかった彼女のなかに潜《ひそ》む優《やさ》しさに気付いても、今の僕にはただ頭を下げることしか出来なかった。

「ありがとう」

カナン様とマーガレットが帰った後のディナーの席で、シンシアが皿を運んできたメイドに向かって御礼《おれい》を言った。シンシアが使用人に向かって御礼を言うなんて初めてのことだったので、御礼を言われたメイドだけでなく僕もとても驚《おどろ》いた。

「シンシア。どこか具合でも悪いのかい？」

僕の問いかけに対して、シンシアは不思議そうだった。

「なんで？」

「君が使用人に御礼を言うなんて……」

「だってお姉様が……」

「マーガレット様が？」

「なんでもないわ」

「シンシア。聞かせてほしい。僕達は夫婦《ふうふ》だから。僕は一生をかけてシンシアと向き合っていきたいと、そう思っているから」

「……キースは私と一生を過ごしていきたいと思っているの？」

「前にも言ったけれど僕達に選択肢《せんたくし》なんてないんだよ。だから僕は一生を一緒《いっしょ》に過ごすシンシアとせめて分かり合いたいと、そう思っているんだ」

「……はっ？」

「僕はシンシアを諦めたくはないんだ」

「馬鹿《ばか》にしないで！　選択肢がないから私と生きていくしかないだなんて！」

怒《いか》りに満《み》ち溢《あふ》れたシンシアの瞳《ひとみ》を見て、僕はそっとため息を吐《つ》いた。

「シンシア。前も言っただろう？　君はマーガレット様を虐《しいた》げ続けて、聖なる水晶《すいしょう》を割ったんだ。そのせいで僕達には選択肢なんてないんだよ」

「私にはキース以外の選択肢だってある！　キースにだって私と離婚《りこん》するっていう選択肢があるじゃない！」

シンシアのそんな突然《とつぜん》の言葉は、僕を驚愕《きょうがく》させるには十分だった。

僕達に選択肢がある？　確かにマーガレットと約束をしたのは『二度目の婚約破棄はしない』ということだけだ。その後の人生をどう生きるかまでは僕達の自由だけれど、でも、シンシアに僕以外の選択肢があるだなんてそんなはず……。

「シンシアは、僕がたとえマーガレット様の婚約者《こんやく》だったとしてもそれでも諦められないほどに、僕を好きになったんだろう？」

思わず確かめるように聞いてしまった僕に返ってきたのは、出会ってから初めて見るシンシアの困ったような悲しいような何とも言えない顔だった。

「わからない」

「……わからない？」

「キースのことは間違いなく好きだった。だけどそれがキースだからなのか、キースがお姉様の婚約者だったからなのか」

その言葉は、疲弊《ひへい》した僕の心を凍《こお》らせるには十分だった。

「……まさか僕がマーガレット様の婚約者だったから好きになったと？」

「だってお母様に言われていたから。お姉様のものは全部私のものだって。だからキースだって私のものだから、私がキースのことを好きになるのは当然って思ってた！　だから今まで考えたこともなかった。だけどお姉様が、お母様の言葉じゃなくてシンシアが自分自身で考えるべきだって。私がどうしたいのか私自身で考えるべきだって。でも私、今まで自分で何かを選択するために考えたことなんて一度だってないもの！」

シンシアの叫《さけ》びを聞きながら、僕は初めて気が付いた。『僕達には選択肢なんてない』そうシンシアに言いながらも、僕は心のどこかで『僕には選択肢なんてない』と言い換《か》えていたのだと。愚《おろ》かな僕は、どんな状況《じょうきょう》でもシンシアが僕を好きなことを疑ったことはなくて、あの歪んだ顔も僕を手に入れたくて僕の前では必死で隠《かく》していたのだと、本気でそう思っていた。

だけどそうか。それすらも僕の自惚《うぬぼ》れだったのか。シンシアはただ田舎《いなか》に行くのが嫌《いや》なだけで、僕と結婚《けっこん》できることはシンシアの望んだ通りだと思っていた。

だけどそうか。シンシアは自分自身で考えたことすらなかったのか。そんなことにも気付かずに、自分だけが被害者《ひがいしゃ》ぶって『シンシアと向き合いたい』『シンシアを諦《あきら》めたくない』そんな言葉を吐き出す僕は、なんて愚かだったのだろう。

そんな風に考えながらも、僕には相変わらず過去の自分の行動を後悔《こうかい》することしかできなかった。

◆シンシアの選択《せんたく》◆

久しぶりに会ったお姉様は、一緒に暮らしていた時よりずっとキレイになっていた。お姉様のくせに生意気だし、悔《くや》しい。

「ありがとう」

しかもいい人ぶって紅茶を淹《い》れたメイドに対して御礼なんか言っていた。メイドはびっくりした後で嬉《うれ》しそうに下がった。なによ。そんな嬉しそうな顔なんて私には一度もしたことないくせに。お姉様とメイドを、昔からいつもしてきたみたいに睨《にら》みつけてやった。

「……どうして使用人に御礼を言うのか分からない？」

お姉様から何かを聞かれるなんて初めてだったかもしれない。

「御礼なんて言う必要ないでしょ！　お金をもらって働いているんだから、私に尽《つ》くすことは当たり前でしょ⁉」

「使用人もシンシアと同じで血の通った人間なのよ。酷《ひど》い言葉を投げつけられたら悲しいし、御礼を言われたら嬉しいわ」

何よ。お姉様のくせに生意気なことを。

「……学生時代、料理長にクッキーを作ってもらっていたんでしょう？　シンシアが自分で作ったと偽《いつわ》って男性達にお渡《わた》しするクッキーを作ることは料理長の仕事ではないわ。シンシアのために無償《むしょう》で手伝ってくれたのに、御礼は言わなかったの？」

「なんでお姉様がそんなこと知ってるのよ⁉　でも別にそうだとしても、たかがクッキーなんてすぐに作れるんでしょ？」

「シンシアは一度でも自分でクッキーを作ったことがあるの？」

「公爵令嬢《こうしゃくれいじょう》だった私がクッキーなんて作ったことあるわけないじゃない！」

「私はあるわ。それに公爵令嬢であるカナン様も」

「えっ⁉」

「とても大変だったわ。少なくとも私には、クッキーが簡単に作れるだなんて思えない」

何よ。何よ。何が言いたいのよ。別にそんなこと今さらどうだっていいじゃない。私は当たり前のようにお姉様を睨みつけた。

「シンシア。使用人だけではなく、私も同じ血の通った人間なの。だからシンシアに睨みつけられると悲しいわ。……ずっと悲しかった」

「……お姉様が人間？」

そんなこと考えたこともなかった。お姉様はお姉様でしょ？　私達が自由に扱《あつか》っていい存在だとしか思ってなかったもの。

「シンシアは、どうして私を睨みつけるの？」

「だから！　お姉様は！　私達が自由に扱っていい存在だから！」

「私達というのは義母《ぎぼ》とシンシアね？　どうして私のことは自由に扱っていいとシンシアは思ったの？」

「お母様がそう言ったからよ！『マーガレットは悪魔《あくま》だからとことん虐《いじ》めてあげないといけない』って！」

「私が悪魔……。シンシアは、どうして私を悪魔だと思ったの？」

「だから！　お母様が言ったから！」

「それだけ？」

「……はっ？」

「義母が言ったからそう思ったの？　だからシンシアは自分では何も考えなかったの？」

「だってそんな必要ないもの！　それにその通りにしてたらキースに愛された！　聖女だって言われた！　私は物語のヒロインみたいになれた！　お母様の言う通りにしていたら！　だか

ら私は何も間違《まちが》ってない！」

「それでシンシアは今幸せなの？」

「しっ、幸せに決まっているでしょ？　お姉様よりずっと幸せだわ！　見てよ！　このドレス！　お姉様が着たこともないような高価な物よ！　お父様に買ってもらったの！　お姉様はお父様に何か買ってもらったことなんてないわよね！」

「……私がドレスを買っていただけないことは気付いていたのね。それなのに、そんな私の部屋から宝石やドレスをとっていったのはどうして？」

「私の方が似合うから！」

「それはシンシアがそう思ったの？」

「お母様が言ったわ！　マーガレットなんかにはもったいない！　シンシアが身に着ける方が絶対に相応《ふさわ》しいのに！　って！　だから私は！」

「じゃあキース元殿下《でんか》と仲良くなったのはどうして？」

「だから！　お母様が言ったから！　マーガレットなんかにはもったいない！　シンシアの方が王妃《おうひ》に相応しいのに！　って！　だから！」

「それではシンシアは、キース元殿下が私の婚約者《こんやく》だったから好きになったのね？」

「……えっ？」

「それでは今は？　私の婚約者ではなくなったキース元殿下のことは、それでも変わらずに好きなの？」

キースがお姉様の婚約者でなかったら？　お姉様の婚約者でなくなった今のキースは？　毎日疲《つか》れた顔をして、私が何か言うとため息交じりに諭《さと》してこようとする、そんなキースは？

私は、キースを……。

「シンシアは、私が義母から物差しで叩《たた》かれていることも知っていたわよね？　……そのことには何も思わなかったの？」

「しっ知らない！　私はそんなこと知らない！」

「……初めて物差しで叩かれた時、驚《おどろ》いたのと、恐怖《きょうふ》と、痛みで、泣いてしまったの。やっと解放されて暗い部屋から出た時、シンシアと目が合ったわ」

「……おっ、覚えてない！」

怖《こわ》かった。本当はあの時、とっても怖かった。お母様は私にはいつも優《やさ》しいのに、突然《とつぜん》見たこともない怖い顔をしてお姉様の腕《うで》を引いてどこかに行ってしまった。不安でお屋敷《やしき》を歩き回っていたら普段《ふだん》は使っていないはずの部屋からお姉様の悲鳴が聞こえてきて動けなくなっちゃった。部屋から出てきたお姉様の顔は涙《なみだ》でぐちゃぐちゃだった。……とってもとっても怖かった。だからお母様の言葉をそのまま信じた。

『マーガレットのせいで私達は旦那《だんな》様と引き離《はな》されたんだから、あんな悪魔はとことん虐めてあげないといけないのよ』

その言葉を信じていれば、お母様はいつもの私にとっての優しいお母様のままだし、私は何も悪くないって思えた。だってお姉様は悪魔なんだから。そう信じていれば。

「シンシアは、私の何を見て虐《しいた》げても良《い》い存在だと思ったの？」

「だから！　お母様が言ったからだってば！」

「シンシア自身では、何も考えなかったの？」

「そんな必要ないでしょ？　だってお母様が言っているんだから！」

「じゃあ背中を叩かれた私が痛いとは考えなかった？　宝石やドレスを奪《うば》われた私が悲しいとは考えなかった？　婚約者とシンシアが仲良くしているのを見た私が寂《さび》しいとは考えなかった？　……シンシアは、自分自身で一度でも考えなかった？」

考えなかった。たったの一度だって。私は、お姉様の気持ちなんて考えたことない。

「じゃあシンシア自身のことは？　シンシアの幸せはどんなことなの？」

「……お母様が言ったの。お姉様より私の方が王妃に相応しいって。それにキースが言ったの。私が聖女だって。だから私はその通りに生きていくのが幸せなの」

「それはシンシアが自分で考えたの？」

「だから！　私は何も考えてない！」

「じゃあ考えてみましょう。シンシア自身が感じる幸せはどんなことなのか」

「私が感じる幸せ？　……そんなの分からない！　考えたことない！　お母様は、お姉様を虐げれば幸せになれるって言った。キースは自分の罪だから私と結婚《けっこん》するって言った。私はいつだって自分で考える必要なんてなかったもの！」

「シンシアは、自分で考えることができるのよ。シンシアだけでなく、人間は誰《だれ》でも、自分の幸せは自分で決めることができるの」

「……私が、自分で考えるの？」

「そう。シンシアが考えるの。シンシアがこれからもっと幸せになるためにどう生きていくかを」

「だけど私には、キースとこのまま生活していくしか選択肢《せんたくし》はないんでしょう？」

「今のまま使用人を睨《にら》みつける自分でい続けるか、たとえばキース男爵《だんしゃく》と一緒《いっしょ》に領地経営に携《たずさ》わったり、領地内の色々な施設《しせつ》を訪問したり、クッキーを作ってみたり、今の生活の中にだって選択肢はいくらだってあるわ」

「……私に、選択肢がある？」

「シンシアが自分で考えていいのよ。それに、シンシアが望むならキース男爵と離婚《りこん》してライリー様と再婚するという選択肢だってあるかもしれない」

「ライリー様？」

「ええ。ライリー様はシンシアと結ばれることを望んでいるそうよ。私はライリー様と再婚してシンシアが幸せになれるとは正直思えないけれど……。でも、私自身がライリー様と直接お話をしたことは二回しかないし彼のすべてを知っているわけではないから、一年間一緒に過ごしたシンシアが自分で考えて決めるべきことだと思うわ」

私が決める？　だけど私は今まで一度だって自分で何かを選択したことなんてないのに。突然そんなこと言われたって、どうやって決めたらいいかなんて知らない。だってそんなの誰も教えてくれなかったじゃない。

「……血の繋《つな》がりに関係なく私はシンシアが嫌《きら》いだったわ」

「はぁ!? 何よ。それ」

「自分を一方的に攻撃《こうげき》してくる相手を好きになれる人間なんていないでしょう?」

「……」

「今だからこうやってシンシアと向き合って自分の気持ちを伝えられるの。だけど、一緒に暮らしていた頃《ころ》の家族に誰も味方のいない私には、自分を虐げてくる相手と向き合うことなんて到底《とうてい》できなかった」

お姉様は、ただまっすぐに私の目を見ていた。私はお姉様とこうやって話をするどころか、お姉様の目をまっすぐに見ることさえも初めてなことにやっと気付いた。

「シンシア。どうか他《ほか》の人も、貴女《あなた》と同じで傷つけられたら痛いし悲しいということを忘れないでね」

最後までまっすぐな視線のままお姉様はそう言い残して、カナンと一緒に帰っていった。

お姉様が訪問してからもう十数日が経《た》ったけど、時々お姉様が言ったことを思い出す。お姉様が私を嫌いだなんて考えたこともなかった。だってお姉様はお姉様だから。私達に搾取《さくしゅ》されるためだけに存在しているとそう信じていたのに。お姉様に感情があるだなんて考えたことすらなかった。

「シンシア様。お客様がいらっしゃっています」

メイドの言葉に私は顔をしかめた。

「お客様？　どうせ私を訪ねてくる人なんていないんだからいつも通りキースに対応してもらってよ」

「それが……。キース男爵はご不在だとお伝えしたのですが、シンシア様にお会いしたいと」

「……私に？　誰が来てるのよ？」

「ライリー・スミス伯爵《はくしゃく》令息だと名乗っておられます」

「ライリー様？　分かったわ。少し待ってもらって。それからすぐにドレスと髪《かみ》のセットをしてちょうだい」

ライリー様が私と結婚したがっているというお姉様の言葉を思い出して、私は思わず頬《ほお》を緩《ゆる》ませた。メイドはそんな私の様子に戸惑《とまど》ったような顔をしていたけど、そんなの関係ないわ。

どんなドレスを着ようかしら。

「ライリー様。お久しぶりです」

お気に入りのピンクのドレスに着替《きが》えて、メイドに髪を可愛《かわい》くセットしてもらった私は急いでライリー様の許《もと》に向かった。

「シンシア様。本当にお久しぶりです」

ライリー様が私を見つめる瞳《ひとみ》は学生時代と変わらなかった。最近ではキースが向けてくれることがなくなったその視線は、私の自尊心を満たすには十分だった。

「こんなところまで私に会いに来たんですか？」

学生時代のように瞳をうるうるさせてライリー様を見つめた。

「実はマーガレット様がルイスを誑《たぶら》かしてモーガン伯爵家が父に抗議《こうぎ》したせいで、謹慎《きんしん》させられているんです」

「……お姉様が？」

「俺はただシンシア様の幸せのために自分に出来ることをしたかっただけなのに！　マーガレット様はシンシア様のことなど何も考えていないのです！」

あれっ？　ライリー様の顔ってばこんなに歪《ゆが》んでいたかしら？　ふといつかのキースの言葉を思い出した。

『愛していたよ。マーガレットの結婚式で、歪んだあの顔を見るまでは』

もしかしてキースには、私の顔がこんな風に歪んで見えているの？

「お姉様からライリー様が私と結ばれることを望んでいると聞いています」

「マーガレット様が？　ははっ。それは伝えてくれたのか」

「……ライリー様？」

「マーガレット様は何もしてくれないと思ったし、謹慎までさせられてしまったのでこのままでは手遅《ておく》れになると思って急いでここまで来てしまいましたが……。マーガレット様にもシンシア様の幸せは俺と結婚をすることだとちゃんと理解出来ていたんですね」

「……私の幸せ？」

「シンシア様の幸せは、キース男爵と離婚して俺と結婚《けっこん》をすることです。このまま一生こんな田舎《いなか》でたかが男爵夫人として暮らすんですか？　俺と結婚して王都で伯爵夫人として、騎士《きし》団長夫人として、楽しく贅沢《ぜいたく》に暮らしましょう。それがシンシア様の幸せです」

私の幸せ。

子供の頃からずっとお母様の言う通りに行動してきた。キースから望まれて嬉《うれ》しくて婚約をした。キースに選択肢はないと言われてそのままキースと結婚をした。今度はライリー様が私の幸せを教えてくれた。

今までの私だったら、きっと自分では何も考えなかった。ライリー様の与《あた》えてくれた選択肢を自分にはこれしかないと思い込んでそのまま摑《つか》んでいたかもしれない。……だけどお姉様は『シンシアが自分で考えて決めるべき』だって言った。自分で決めていいの？　自分で考えないといけないの？　私は、どうしたいの？

「シンシア様どうしましたか？　いつもみたいに笑顔《えがお》で頷《うなず》いてください」

「……考えたい……」

「……何て？」

「自分で考えたい！　何が私の幸せか自分で考える時間をちょうだい！」

「ははっ。何を言っているんですか？　シンシア様。シンシア様は何も考える必要なんてないですよ。ただ笑って頷けばいいんです」

「……それじゃあダメだってお姉様が……」

「またマーガレット様ですか。彼女を利用しようとしたのは失敗だったな。余計なことばかり」

「……ライリー様？」

「考えるまでもないだろう？　いつもみたいに笑顔で頷けばいいんだよ」

初めてライリー様を怖《こわ》いと思った。学生時代もライリー様は突然《とつぜん》敬語を取り払《はら》ってなんだか怖い雰囲気《ふんいき》になることはあったけど、学園の中だったし、困っても叫《さけ》んだらきっとすぐにキースが助けに来てくれるって分かってたから平気でいられた。だけどここは男爵《だんしやく》家のお屋敷《やしき》の中で、使用人達にライリー様は止められないし、今はキースはいない。……私はたまらなくライリー様が怖くなった。

「なんだよっ！　その怯《おび》えた目はっ！　それじゃあ学園の女達と同じじゃないか！」

ライリー様どうしちゃったの？　突然叫びだすとかとっても怖いんだけど。ライリー様ってこんな人だった？　後ろでメイドの「ひっ」という声が聞こえた。

「シンシア様は、学園の女達とは違《ちが》うだろ？　貴女《あなた》だけはどんな俺でも受け入れて、俺に媚《こ》びてくるんだ！　そうだろう？　さあ、いつもみたいに笑えよ！」

そう言ってライリー様はソファーから立ち上がった。じりじりと近づいてくるライリー様がものすごく怖かった。後ろにいるメイドが庇《かば》ってくれることを期待したけど、メイドが動く気配は全くなかった。

「笑って頷くだけでいいんだ。そうすればシンシア様はすべてを手に入れられる。ドレスも宝石もすべて俺が買ってやる。メイドに好きなだけあたり散らしたっていい。こんな場所じゃ一生食べられないようなものを食べて、高級な酒だって飲ませてやる。シンシア様は学園にいた頃《ころ》のように、どんな俺でも受け入れて、俺に媚びているだけでいいんだ」

歪んだ顔で言葉を続けるライリー様と私の距離《きょり》はどんどん縮まった。

今まで自分で考えたことなんてないのに、そんなに急に決断なんてできない。ライリー様が与えてくれるって言ったものは確かに魅力《みりょく》的だけど。シルバー公爵《こうしゃく》家にいた時の私が当たり前のようにすべて持っていたものだけど。だけど！　だけど！　だけど！

「キース！　助けて！」

私は叫んでいた。どうして？　わからない。だけどキースは、言ったから。『自分達に何が足りなかったのか。どうしてこれほどまで間違えたのか』『これから一緒《いっしょ》に考えていこう』って言ってくれたから。だから。だから私は。

私は初めて自分で考えて、自分自身で選んだの。

「どうして俺を選ばないんだっ！」

ぐにゃりと歪んだ顔をしたライリー様は一気に私に近づいてきて、私は気付くとソファーに倒《たお》れこんでいた。

「シンシアッ！」

倒れた瞬間《しゅんかん》、乱暴に扉《とびら》が開けられた音とキースの声が聞こえた。

頬《ほお》から伝わる強烈《きょうれつ》な痛みと、鼻から流れる真っ赤な血で、私は自分がライリー様に殴《なぐ》られたんだって理解した。

たった一回殴られただけなのに、とってもとっても痛かった。痛くて痛くてもう大人なのに涙《なみだ》を止められなくて、私は泣きじゃくった。

だってこんなに痛いなんて知らなかったんだもん。お姉様がこんなに痛い思いをしていたなんて知らなかったんだもん。お姉様も、メイド達も、私が今まで何も考えずに傷つけてきた人間達が、私と同じように痛みを感じるなんて、そんなこと考えたこともなかったんだもん。だってお父様もお母様もそんなこと教えてくれなかった！

痛みとお姉様の言葉だけが、頭の中をぐるぐると回っていた。

『シンシア。どうか他の人も、貴女と同じで傷つけられたら痛いし悲しいということを忘れないでね』

◆ライリーの嫉妬《しっと》◆

なぜあの時、キース男爵の名前を呼んだシンシア様を怒《いか》りに任せて殴ってしまったのか。数週間経《た》った今でも俺には分からなかった。

出会った時からずっとシンシア様のことをあんなに愛《いと》しいと思っていたのに。

元第一王子の妻である貴族女性を暴行した罪であっけなく俺は捕《つか》まった。捕まったとはいえ入れられているのは貴族牢《ろう》だ。労働もないし、食事もまともなものがきちんと提供される。ただ無為《むい》な時間だけが過ぎていく、そんな場所だった。

「お前は人間として最低なことをした。ここから出たら一から鍛《きた》えなおすから覚悟《かくご》しろ」

俺が捕まって初めて面会に来た時の父親は、たった数日会わなかっただけなのに随分《ずいぶん》とやつれていた。ずっと背中を追ってきた尊敬する父親に軽蔑《けいべつ》するように見られたことがショックだった。そして同時に騎士団を解雇《かいこ》になったことも教えられた。

きっと牢から出た後が俺にとっての本当の地獄《じごく》の始まりなんだろう。

「ライリー様は、恋人《こいびと》はいらっしゃらないんですか？」

学園に入学して初めて女性に話しかけられた時、今まで訓練ばかりしていて女性に免疫《めんえき》のなかった俺は動揺《どうよう》してしまってどう答えればいいかわからなかった。

「どうせ爵位《しゃくい》が目当てなんだろう？」

頭が真っ白になった俺の口から出たのはそんな言葉だった。俺に話しかけた女性はひどく傷ついたような怯えた顔をしてその場から去っていった。何も言わずに去っていくなんて、自分から話しかけてきたくせになんて失礼な女なんだ。本気でそう思った。

それからは女性に話しかけられるとわざと最初の女と同じような厳しいことを言った。そうすると媚びるように俺を見つめていた目が一気に冷めて皆逃《みんなに》げて行った。勝手に話しかけてきたくせに思い通りの反応じゃないと被害者面《ひがいしゃづら》して逃げ出すなんて、女は皆ろくでもない。そんな女なんてこっちから願い下げだ。

そんな態度で過ごしていたら入学して数か月しか経っていないのに、あんなに俺の周りに溢《あふ》れていた女達は一人もいなくなった。……なぜだ？

ルイスの許《もと》にはいつまで経っても変わらずに女達が寄ってきていたのに。普段《ふだん》はキース殿下《でんか》と、俺と、もう一人の側近で婚約者《こんやく》のいる侯爵《こうしゃく》子息のバオンと一緒だったから話しかけられることはなかったが、ルイスが一人になった時やイベントの時なんかは顔を赤らめた女達に話しかけられているところを何度も見た。どうしてルイスの周りにはいつまでも女達が群がっているのに、俺の周りには誰《だれ》もいなくなってしまったんだ？

俺とルイスの何が違うんだ？　爵位は同じだ。将来だってルイスは次期宰相《さいしょう》候補かもしれないが、俺だって次期騎士《きし》団長候補だ。成績だってルイスは勉学は得意かもしれないが、実技は俺の方が優《すぐ》れている。顔だって確かにルイスは整ったキレイな顔だちをしているが、俺だってそれなりにかっこいいと思っている。

それにルイスはキース殿下に何の配慮《はいりょ》もしていなかった。俺は実技の時に相手がキース殿下の場合は、キース殿下が気持ちよく勝てる最高のさじ加減でいつも負けていた。それなのにルイスは試験でキース殿下を差し置いていつも一位をとっていた。俺はルイスに忠告をしてやったことだってある。

「おいルイス。もっとキース殿下に配慮しろよ。そんな調子だとお前だけいつか側近から外されてしまうかもしれないぜ」

「僕は、僕に出来ることをやっているだけです。僕の方が試験の成績が良いという理由でキース殿下が僕を遠ざけるのであれば、僕はその決定に従うだけです」

ルイスはいつもの真面目《まじめ》な顔で当然のように言った。……そんなルイスに対して俺はそれ以上言葉を続けることは出来なかった。あの時、俺は多分そのままルイスを無視してその場から去ったんだったと思う。

そんなルイスに対する鬱屈《うっくつ》した思いをひっそりと抱《かか》えている中で、俺はシンシア様に出会った。

新入生歓迎会《かんげいかい》で俺のパートナーになった新入生の女は、上級生の、俺の同級生の女達から何かを聞いていたのか俺に対して終始ビクビクしていて入場するとすぐに俺の前から去っていった。くそ。なんなんだ。

苛立《いらだ》つ俺を救ったのは、シンシア様の言葉だった。

『ライリー様は信頼《しんらい》出来る人です！』

『これからライリー様のことをもっと教えてください！　それに私のこともこれから知っていけばいいじゃないですか！』

『私は、ライリー様のことをもっと知りたいです！』

こんなに可愛《かわい》い女性にそんなに可愛いことを言われたことなんてなかった。俺がどんなに厳しいことを言ってもきっとシンシア様は変わらずに俺に媚《こ》びて、ずっと俺の側《そば》にいてくれると思った。だから俺はシンシア様を愛しいと思ったんだ。

俺の知っている学園でのマーガレット・シルバーという女は、無表情で大人しいだけの女だった。王妃《おうひ》教育は完璧《かんぺき》だと聞いてはいたが、こんな女が王妃になれるか甚《はなは》だ疑問だった。だがソフィアの家で会ったマーガレット・モーガンという女は、強《したた》かで気の強い女だった。シルバー公爵《こうしゃく》家を出て家族と離れ性格が変わったのかと思っていたが、モーガン伯爵《はくしゃく》家で愛《いと》しそうにルイスを見つめるマーガレット・モーガンという女は、今まで見たどんなマーガレットとも違《ちが》っていた。

なんだこの女は？　どれが本当のマーガレットなんだ？

俺は混乱したが、俺にとってマーガレットはただシンシア様の異母姉《あね》というだけのどうでも良い存在だったのでそれ以上考えることをやめた。

だけど本当はあの時にもっと考えるべきだったんじゃないか？　牢での生活で俺はやっと考えた。

マーガレットに色んな顔があるのと同じように、学園で俺が『俺に怯《おび》えた』という理由だけで侮蔑《ぶべつ》して切り捨てた女達にだってもっと他《ほか》の顔があったんじゃないのか？

どんな俺でも受け入れていつだって俺に媚びてくると信じたシンシア様が、窮地《きゅうち》に陥《おちい》った時に呼んだ名前は『キース』だったように。

女には一面だけでなく、いろんな顔があるんじゃないのか？　だとしたら、たったその一面を見ただけで『この女も他の女と同じだ』と侮蔑してシンシア様以外の女達を簡単に切り捨てた俺には、きっと何も見えていなかったんだろう。

今の俺には、考える時間だけはたっぷりあった。それでもどんなに考えても俺には分からなかった。どうしてあんなに愛しいと思っていたはずのシンシア様のことを、あんなに簡単に、自分自身の手で殴《なぐ》るなんてことができてしまったのか。

「今日は『聖女の儀式《ぎしき》』の日だから牢でも恩恵《おんけい》が受けられるぞ」

そう言って看守が運んできた食事はなるほどいつもより豪華《ごうか》だった。無為に過ごす日々の中で、今日が『聖女の儀式』の日だということすら忘れていた。

一年前、シンシア様が『聖女の儀式』の日に『聖なる水晶《すいしょう》』を床《ゆか》に叩《たた》きつけた時には心底驚《おどろ》いたが、顔を歪《ゆが》ませながら必死で『なんで？　なんで？』と叫《さけ》び続ける彼女を醜《みにく》いと思うよりも、可哀想《かわいそう》に思う気持ちが勝《まさ》った。やっぱりシンシア様には、俺に媚びるしか幸せになれる道はないんだと本気で思った。あれからまだ一年しか経《た》っていないのに、まさか今年の『聖女の儀式』はシンシア様を幸せにするために奔走《ほんそう》した結果、牢屋《ろうや》で迎《むか》えることになるなんて思ってもみなかった。

《私は、このような場所でスピーチをすべき人間ではきっとありません》

なんだこれは？　突然《とつぜん》頭の中に誰かの声が流れ込んできて驚いた。それは俺だけじゃなかったようで、周りの牢からは驚きの声が上がっていたし、看守でさえ驚いた顔をしていた。

その声は、凛《りん》としていて、聞いているだけで心が澄《す》んでいくような、そんな声だった。

よく聞くとその声は何度も聞いたことのある声で、ただシンシア様の異母姉であるだけのどうでも良い存在だと俺が過去に切り捨てた女の声だった。

気付くと周囲の声が消えていた。きっと全員がそのスピーチを夢中で聞いているのだろう。俺も同じだった。そのスピーチをただひたすら真剣《しんけん》に聞いた。

スピーチが終わった時、牢獄中《ろうごくじゅう》が拍手《はくしゅ》で包まれた。誰かのすすり泣く声がぼんやりと聞こえた。

どうして愛していたはずのシンシア様をあんなに簡単に殴ってしまったのかやっと分かった。

俺は、本当はシンシア様を愛してなんていなかったんだ。

シンシア様は、ただ可愛くて、憐《あわ》れで、扱《あつか》いやすくて、そんな都合の良い存在だったから。きっとそれだけの理由で側に置いておきたかっただけなんだ。だから手に入らないと分かった時、理想と違うと気付いた時、怒《いか》りに任せて殴るなんてことが出来てしまったんだ。

可愛い女ならソフィアだって良かったはずだ。だけど俺は彼女を選ばなかった。なぜなら彼女は、周りから愛されていて可哀想ではなかったから。

俺に怯えない女ならカナン様だって良かったはずだ。だけど俺は彼女を選ばなかった。なぜなら彼女は、自分の芯《しん》を持っていて扱いづらかったから。

俺は、この時になってやっといつかレオナルド殿下《でんか》から言われたことを思い出した。忘れてしまいたくて心の奥にしまいこんだ暗い記憶《きおく》にやっと向き合った。

レオナルド殿下はキース殿下が廃嫡《はいちゃく》されることが決まった後で、キース殿下が第一王子だった時の側近である俺とルイスとバオンを招待して婚約者《こんやく》のアリス様とのお茶会を開催《かいさい》した。

レオナルド殿下の婚約者になったアリス様は、こういう場にまだ慣れていないのかどこかおどおどしているような頼りない少女だった。キース殿下は俺達とマーガレットを関《かか》わらせることはなかったからマーガレットとお茶会なんてしたことはなかったけれど、あの女ならもっとスマートに振《ふ》る舞《ま》えるだろうと思い、未来の王妃がアリス様になることに不安を感じた。

そのお茶会の後から、俺はなぜかレオナルド殿下に遠ざけられていると感じた。

ルイスやバオン、それに護衛のハンクスでさえもキース殿下の時代と変わらず重宝されているのになぜ俺だけが？　たまらず俺はレオナルド殿下の執務室《しつむ》に押しかけた。

「レオナルド殿下！　どうして俺のことを遠ざけるのですか!?」

「ライリー？　急にどうしたの？　謁見《えっけん》の連絡《れんらく》は来ていなかったと思うけど」

心底不思議そうな顔をするレオナルド殿下に、俺は苛立った。

「……俺はキース殿下の側近でした！　キース殿下とお話をする時に謁見の申し込みなどした

ことはありません！　それに俺は次期騎士《きし》団長ですよ！　そんな俺を遠ざける意味が分かりません！」

「ライリーはあくまで兄上の側近候補だったよね？　それにライリーが次期騎士団長？　そんな話は聞いたこともないよ？」

「俺は！　まだ新人なのに先輩《せんぱい》も含《ふく》めて騎士団の中の誰《だれ》にも負けたことなんてありません！　そんな俺を差し置いて次期騎士団長になれる人材がいるはずないでしょう！」

「……ライリーが騎士団の誰にも負けたことがないのは、ライリーの実力？」

「……はっ？」

「ライリーが普段《ふだん》から『俺は騎士団長の息子《むすこ》だ』と大声で吹聴《ふいちょう》していることとその結果が関係あるとは考えないの？」

「何を言って……」

「冷静に周りの団員の訓練の様子を見ていればすぐにわかるはずだよ。ライリーよりも持久力のある人間や、剣術《けんじゅつ》において天性の才能を持った人間だっている。毎日訓練の時間以外にも朝から晩まで努力して実力を伸《の》ばしている人間だってたくさんいる。そんな中で騎士団長の息子だからと大声で言うだけで訓練の時間以外に努力をしていないライリーが誰にも負けたことがないだなんて、一度も疑問には思わなかったの？」

「いや……。でも……。俺が騎士団長の息子だからと……そんな理由でわざと俺に負けるだなんて……」

「ライリー自身は過去に同じことをしていたのに？」

「……えっ？」

「兄上は自分が第一王子だなんて吹聴していなかったけどライリーは兄上におもねっていつも負けていたんでしょ？　どうして自分はしていたのに、自分と同じことを他《ほか》の誰かがするとは考えないの？」

「……どうしてそれを……」

「僕は、これからソルト王国民全員の人生を背負っていくんだ。一緒《いっしょ》に国を背負う人間は、僕自身が決めるよ」

「ですが、俺は……」

「お茶会でライリーはアリスを見下していたでしょ？　これから支えるはずの僕の婚約者すら見下す人間にソルト王国民の人生を背負うことは出来ないよ」

「そんなことは……」

「爵位《しゃくい》や性別や年齢《ねんれい》だけで相手を判断して、相手の立場に応じて見下したり傲慢《ごうまん》な態度をとる人間を信用なんて出来ないよね？」

年下の、まだまだ十三歳の子どもだと、心のどこかでキース殿下と比べて侮《あなど》っていたレオナルド殿下の言葉の一つ一つが心に刺《さ》さって、俺は何も言えなくなった。

そんな俺を厳しいまなざしで見つめた後で、レオナルド殿下はふと真剣な顔をして俺に一つの質問をした。

「ライリー。……兄上は、実技でいつもライリーに勝利することについて何も言わなかったの？」

「……何も。キース殿下は、俺に何かを言ったことはありません」

俺の答えに、レオナルド殿下は悲しいような苦しいような寂《さび》しいような、どう表現していいか分からない表情をしていた。俺には今でもこの時のレオナルド殿下の気持ちは分からないままだ。

そして俺はこの苦い思い出には蓋《ふた》をして今日まで思い出すことを拒否《きょひ》していた。

なぜなら自分自身の卑怯《ひきょう》さや傲慢さに気づきたくはなかったから。


マーガレットのスピーチが終わった後で、牢の窓からマーガレットの花びらが降ってきて、その花びらはいつかと同じように俺の手元に舞い落ちた。そしてその花びらは、いつかと全く同じように俺の手元で一輪のマーガレットの花に形を変えた。

一年以上前の俺は、そのことを当たり前だと思った。

伯爵《はくしゃく》子息であり、騎士団の期待の新人である自分が、少量の薬や、たった一切れのパン、たかが一枚の金貨を必要とするわけがない。満たされた生活の中で自分が不要だと切り捨てたそれらの些細《ささい》なもので救われる人間がいることにすら思い至らずに、自分はそんなものを望まなくても生きていけると当たり前のように信じていた。

……だけど今は、シンシア様を殴《なぐ》ってすべてを失ったはずなのに、それでもなおお薬やパンや金貨を必要としなくても生きていける現実に、自分はこんなにも恵《めぐ》まれていたのだと初めて感謝した。

もうすべてが遅《おそ》いかもしれないが、俺は自分自身の卑怯さや傲慢さをやっと認めることができた。

ここから出たらきっと本当の地獄《じごく》が始まるだろうけど、それでも父親に見捨てられなかったことだけでもとてつもない救いなのだと、今なら心からそう思えた。

第6章　この世界が溢《あふ》れる笑顔《えがお》で満たされますように

「マーガレット様。シンシア様のことは大変だったね」

『聖女の儀式《ぎしき》』のフェスティバルでスピーチをする件の返事をするために王宮を訪《おとず》れた私に、レオナルド殿下《でんか》はいたわるように言ってくださった。

「ありがとうございます。……まさかライリー様がシンシアに危害を加えるとは、いくらなんでも思っていませんでしたので驚《おどろ》きました……」

「兄上もシンシア様を守れなかったことでひどく落ち込んでいるようだよ」

「……キース男爵《だんしゃく》が不在の間に男性と二人で会ったシンシアにも落ち度はあると思います。ただ、シンシアの怪我《けが》が今は完治していて、後遺症《こういしょう》もなかったことが本当に良かったと思っています」

「これからの人生をどう生きていくかは、あの二人次第《しだい》だね」

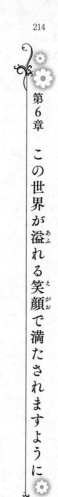

「はい。……私は、シンシアに初めて自分の気持ちを伝えることができました。シンシアがこれからどういう選択《せんたく》をして、どのように人生を歩んでいくかは、シンシアが自分自身と向き合って決めることなのだと思います」

シンシアにとっての幸せは何なのか、それはシンシアにしか決めることのできないことだから。義母《ぎぼ》に押し付けられた価値観を捨てて、シンシア自身に考えてほしい。

シンシアがキース男爵を選んで二人で生きていくにしても、たとえ他の道を選んだとしても、シンシアの未来がどうか幸せであってほしいと、心からそう思ったの。そして、長いわだかまりを経て、今はそう思うことのできた自分に安堵《あんど》した。

過去の事実は決して消えないけれど、それでも……それでも、きっと私はやっと自分の過去を受け入れられたのだとほんの少しだけそう思えるの。

「マーガレット様。兄上は以前『マーガレットが聖女だと気付いていたのならこんな過《あやま》ちは犯《おか》さなかったのに』と言っていたことがあるんだ。だけど兄上の過ちは、マーガレット様に特別な力があると気付けなかったことではなくて、王命で結ばれたとはいえ目の前にいるたった一人の婚約者《こんやく》を大切にできなかったことだと、僕は思うんだ」

レオナルド殿下は、その澄《す》んだ青い瞳《ひとみ》で私を見つめた。

「たった一人の婚約者も大切に出来ない王子が、ソルト王国民全員の幸せを背負えるはずがないよね」

出会った時にはまだあどけない九歳だったレオナルド殿下は、会うたびに成長していて、今では立派な十四歳の王太子殿下になっていた。それでも、そのまっすぐさは出会った時と少しも変わっていなかった。

私はいつまでもレオナルド殿下のその眩《まぶ》しさを、出来るなら近くで見ていたいと思っていた。

いつかレオナルド殿下が『マーガレット様を「姉上」と呼べなくなったことがとても悲しいんだ』と言ってくださったように、私もレオナルド殿下のことを『弟』と呼べなくなったことをとても悲しいと思っているの。

(さっすがレオー)

(クソ元王子とは大違《おおちが》いー)

(毎晩夢の中でいい子いい子と褒《ほ》めてやろうか)

「みんと。レオナルド殿下が眠《ねむ》れなくなってしまうから夢にお邪魔《じゃま》するのはダメよ」

（私もレオと夢の中で遊びたーい）

「くっきーも。レオナルド殿下にはぐっすり眠っていつも元気でいてほしいでしょ？」

（レオにはいつでも元気でいてほしいから夢の中で遊ぶのは我慢《がまん》するのー）

そんな妖精《ようせい》さん達と私のやり取りを、レオナルド殿下はとても楽しそうに、いつかと変わらない無邪気《むじゃき》な少年の顔で見守っていた。

「今日は、スピーチの件の返事を聞かせてくれるんだよね？」

ひとしきりレオナルド殿下と遊んで満足した妖精さん達が王宮の探検に出掛《でか》けた後で、王太子殿下の顔に戻《もど》ったレオナルド殿下が私に問いかけた。

「はい。先日レオナルド殿下に言っていただいた言葉を私は一生の宝物にします。もしも私の言葉でたった一人でも誰《だれ》かの心が救われるのなら、私は私に出来ることは何でもしたいと思います。……フェスティバルで私にスピーチをさせてください」

「マーガレット様。ありがとう。僕は、マーガレット様の存在が誰かの希望になると心から思っているよ」

レオナルド殿下が私に向けるまなざしは、私が公爵令嬢《こうしゃくれいじょう》でキース殿下の婚約者だった時も、ルイスと結婚《けっこん》して伯爵令息夫人になった後も、妖精の愛《いと》し子だと気付く前も、気付いた後も、私が妖精の愛し子であると認めた後も、いつだって変わらなかった。

いつだって私のことをソルト王国の国民の一人として尊重してくださった。

だから、たとえばこの国に妖精の愛し子がいなかったとしても、レオナルド殿下が国王になるこの国なら。国民一人一人の幸せを願って、その責任を背負えるレオナルド殿下が治めるソルト王国なら。きっと何の憂《うれ》いもなく素晴《すば》らしい国になるだろうと、そう確信できた。

「ルイス！　あの屋台で売っているチキンステーキも美味《おい》しそう！　えっ？　串《くし》に刺《さ》さっているわ！　そのまま食べるのかしら？」

「マーガレットのこんなにはしゃいでいる姿は初めて見たかもしれません」

「だってフェスティバルなんて初めてなんだもの。色んなお店が出ていて目移りしてしまうわ！　商品を見ているだけでとても楽しいわ‼」

（アップルキャンディーも美味しそうなのー）

（あっちのお店の刺繍《ししゅう》も可愛《かわい》いよー）

（バナナではなく全屋台にホットショコラをかけてベトベトにしてやろうか）

『聖女の儀式』当日のフェスティバルでは、教会近くの通りに数えきれないほどの屋台や出店が並んでいた。とても賑《にぎ》やかで歩いているだけで楽しい雰囲気《ふんいき》だった。

私は以前オルタナ帝国《ていこく》で初めて自分で選んで買った白いワンピースを着ていて、ルイスもいつもとは違う庶民《しょみん》寄りのラフな恰好《かっこう》をしていることも下町デートのようで楽しかった。そんな雰囲気の中で、妖精さん達も私達もいつもよりもついついはしゃいでしまっていた。

（あっちにも楽しそうな屋台があるよー）

（行こー行こー全部見て回るのー）

（次はどの屋台にいたずらをしてやろうか）

くっきー、しょこら、みんと。屋台にいたずらしちゃダメよ？　私達も屋台を見て回るからソフィア様のお店でまた会いましょうね？

私の言葉に妖精さん達は嬉《うれ》しそうに頷《うなず》いてパタパタと飛んで行った。

「何か食べてみますか？　どうやら食べながら歩けるように串に刺したり色々と工夫《くふう》がされているようですよ」

笑いながら妖精さん達を見送っていた私に、ルイスが楽しそうに声を掛《か》けた。

「ぜひ食べてみたいわ！　どれがいいかしら？　でもソフィア様はお菓子《かし》を販売《はんばい》すると言っていたから甘くないものの方がいいかしら？　ソフィア様のお菓子は持ち帰りにしてここで甘いものを食べるというのもありかしら？　ねぇ、ルイスは何が食べたい？」

真剣《しんけん》に話す私を見て、ルイスはなぜか笑っていた。

「そんなに笑って、どうしたの？」

「いいえ。無邪気にはしゃぐマーガレットが可愛すぎてついつい笑ってしまいました」

ルイスの率直《そっちょく》な言葉に、私は顔が熱くなるのを感じた。

「僕はマーガレットの食べたいものが食べたいです」

「それは答えになっていないわ」

ゆっくりと屋台を巡《めぐ》りながら、ホタテとシュリンプの串焼《くしや》きを買った私達は広場に辿《たど》り着いた。

広場では、舞《ぶ》台《たい》で若い女性が歌を歌っていて、たくさんの人がそれを聞いて盛り上がっていた。

「すごい盛り上がりね！」

「ここで歌を聞きながら、串焼きを食べましょうか？」

「外で立ちながら食べるだなんて初めてだからドキドキするわ」

「僕もです」

青空の下で、透《す》き通るような歌声と、盛り上がる周囲の様子を見ながら、タレがたっぷり染《し》み込んでこんがりと焼けた串焼きを頰《ほお》ばるのはとても楽しかった。

「私の知らない楽しいことは、きっとまだまだたくさんあるのね」

「これから一緒《いっしょ》に色んなことを経験していきましょう」

ルイスは優《やさ》しく微笑《ほほえ》んだ。

「マーガレット様。いらしてくださったんですね」

広場から戻ってきた私達に出店から明るく声を掛けてくださったのは、私と同じようにワンピース姿のソフィア様だった。

ソフィア様がフェスティバルでホワイト男爵《だんしゃく》領内にある養護院の皆《みんな》とショコラミントクッキーやマフィンなどのお菓子を出店で売ると聞いた時から、私はお店を訪《おとず》れるのを楽しみにしていたの。

（わ〜い！　ショコラミントクッキーがたくさんあるのー）

（僕たちのショコラミントクッキーもあるよー）

（むむ。この店だけはホットショコラまみれにするのは見逃《みのが》してやろうか）

「この形は……」

しょこらが言うように、売られているショコラミントクッキーの袋《ふくろ》の中には、妖精さん達の形をしたものが交ざっていた。

「養護院の皆が色んな形があった方が楽しいと言うので私が作るクッキーは天使達の形にした

んです。……勝手なことをしてしまってご迷惑《めいわく》だったでしょうか？」

（とっても嬉しいのー）

（みんなに買ってほしいよー）

（購入者《こうにゅう》には、生クリームに見立てて熱々のクレープ生地《きじ》と一緒に丸められる権利を与《あた》えてやろうか）

「まさか。とても嬉しいわ」

「良かったです」

ソフィア様と笑い合う私の隣《となり》で、ルイスが真面目《まじめ》な顔をして声を出した。

「ソフィア様。念のためですが……僕達の形のクッキーはないのでしょうか？」

「ルイス様とマーガレット様の形のクッキーですか？　すみません。さすがにそれは販売していません」

申し訳なさそうに言うソフィア様に、ルイスは慌《あわ》てて言葉を重ねた。

「いえ。決して僕がマーガレットの形をしたクッキーをまた食べたかったという私欲《しよく》のために聞いたわけではないのです。ただ万が一売っていたら他《ほか》の方に購入される前に僕が全部買い占《し》めなければとそう思っただけなのです！　それにマーガレットがいるのなら隣に僕もいたいので、別々に売っているのならぜひセット販売にしてほしいと交渉《こうしょう》したいと思っただけなのです！」

顔を真っ赤にして訳の分からないことを必死に語るルイスがなんだか可愛くて、その必死な愛情がくすぐったいほど愛《いと》しくて、私は思わず笑ってしまった。

「マーガレット様ご本人の形のクッキーはありませんが、マーガレットの花の形のクッキーはありますよ。とても好評なのでぜひ召《め》し上がってください」

ソフィア様はそう言って、マーガレットの花の形のショコラミントクッキー入りの袋を差し出した。

「すごい。私は円い形のクッキーを作るだけで精一杯《せいいっぱい》だったのに……。養護院の皆も一緒に作ったんでしょう？」

お花の形のクッキーに感動した私は思わずお店にいた子ども達に声を掛けた。

「そうだよ！　キレイに作るのは大変だったけど頑張《がんば》ったの！」

「ソフィア様とシャーロットお姉さんとマーカスが丁寧《ていねい》に教えてくれたんだ！」

「色んな人が『美味《おい》しい』って食べてくれてとっても嬉しいよ！」

口々に教えてくれる子ども達が皆とてもいい笑顔《えがお》をしていて、ホワイト男爵領の領民はとても幸せなのだなと改めて感じた。

マーガレットの花の形入りの袋と、妖精《ようせい》さん達の形入りの袋と、マフィンの袋も買って満足した私の目に、出店の後ろのベンチでとっても美味しそうにクッキーを頰張《ほおば》る男性が映った。

……あの方は……。

「彼は、ロバーツ子爵《ししやく》家のアルバート様ですね。学園で一学年下にいたとても真面目で優秀《ゆうしゅう》な優しい青年ですよ」

思わず凝視《ぎょうし》してしまった私の視線に気付いたルイスが答えてくれた。

「そうだわ！　ソフィア様と新入生歓迎会《かんげいかい》でダンスを踊《おど》っていたアルバート様だわ！」

私の言葉に、ソフィア様はその白い頰を赤くした。

「マーガレット様は、二年も前の私に起きたそんな些細《ささい》な出来事まで覚えていてくださったんですね」

嬉しそうに言うソフィア様に、まさか『全く覚えていなかったけれどつい最近妖精さん達の魔法《まほう》で過去に戻《もど》って見てきたの』だなんてとても言えなかった。

「でもなぜアルバート様がここに？」

誤魔化《ごまか》すように聞いた私に、ソフィア様はその頬をさっきまでより更《さら》に赤くした。

「実は……ロバーツ子爵家からアルバート様との婚約《こんやく》のお話をいただいているのです」

嬉《うれ》しそうに頬を染めて言うソフィア様がとても可愛《かわい》らしかった。

「……しかしアルバート様は長男でしたよね？　もしかしてホワイト男爵家は他《ほか》の方が継《つ》ぐのですか？」

嬉しくて思わず笑ってしまっていた私の隣からルイスの心配そうな声が届いた。

そうだわ。アルバート様はライリー様と同じでご長男でありご実家の跡継《あとつ》ぎだからライリー様の時と同じように後継者《こうけいしゃ》の問題が……。ソフィア様とアルバート様はとてもお似合いのように思えるのに……。思わず曇《くも》った私の心を晴らすように、ソフィア様が遠慮《えんりょ》がちに、だけどほんの少し弾《はず》んだ声でルイスの疑問に答えた。

「それがロバーツ子爵家は、アルバート様の弟様が継がれるとのことなんです。……私は気付いていなかったのですが……アルバート様は、新入生歓迎《かんげい》のダンスパーティーの日から二年かけてご両親と弟様を説得したようで……」

「もしかしてそれはソフィア様と結婚《けっこん》をしてホワイト男爵家を継ぐため……？」

「あの……。はい……。アルバート様はそうおっしゃってくださっています」

あのダンスパーティーの夜にソフィア様に恋《こい》をしたアルバート様は、それからずっとソフィア様と婚約をしたいと願って努力をされてきたのね。

「ソフィア様はアルバート様からの婚約の申し出を受ける予定なの？」

初めてのフェスティバルという大切な日にアルバート様を養護院の皆との出店に招待していることで、その答えを予想しながらも私はソフィア様に問いかけた。

「最初にロバーツ子爵家からそのお話をいただいた時はとても驚《おどろ》いたんです。その……ライリー様のこともありましたからまた私の意思なんて関係なくお断りなど出来ないのではないかと……。ですがアルバート様は『家のことなど気にしないでソフィア様の気持ちを教えてください』と言ってくださったんです……。それがとても嬉しくて……」

照れくさそうに、だけど頬《ほお》を染めて嬉しそうに言うソフィア様は、恋をしているように見えた。ソフィア様とお友達になってからもう二年以上が経《た》つけれど、こんなソフィア様は初めてで、なんだか私まで胸がキュンと疼《うず》いてしまった。

「それにアルバート様は、私が作ったお菓子《かし》を『美味しい美味しい』って笑顔でたくさんパクパク食べてくださるんです。その姿がとっても可愛くて」

ソフィア様はそう言って、今度は飛び切りの笑顔で笑った。

ソフィア様の笑顔につられてアルバート様の方を見ると、今度はマフィンをそのふっくらとした頰一杯《いっぱい》に頰張ってとても美味しそうにモグモグと食べていた。その幸せそうに食べる顔を見ていたらなんだかこちらまでお腹《なか》が空いてくるようで、私も思わず笑ってしまった。

「マーガレット。僕だって……量はそれほど食べられませんが……美味しいものを食べる時は笑顔になります！」

ルイスが突然《とつぜん》真顔で言った。

「ルイス？　どうしたの？」

「だからアルバート様をそんな顔で見つめるのはやめてください」

「何を言っているの？　私はアルバート様を見つめてなんて……。それにそんな顔って一体……」

あくまで真顔のルイスと、困惑《こんわく》する私を見て、ソフィア様は楽しそうに微笑《ほほえ》んだ。

「ルイス様は嫉妬深《しっとぶか》いんですね」

「なっ⁉　僕は嫉妬深くなどありません」

ルイスは、ソフィア様の言葉に慌《あわ》てながらも、お得意の眼鏡くいっをした。以前もルイスがレオナルド殿下《でんか》と同じようなやり取りをしていたことを思い出して、私は思わずまた笑ってしまった。


「ソフィア様！　私もお菓子を買いたいのですわ！」

和《なご》やかな空気の中に、カナン様が嵐《あらし》のようにやっていらっしゃった。その光景があまりに懐《なつ》かしくて、私はまた笑ってしまった。

「カナン様。ありがとうございます。皆《みんな》で色々と作りましたので、お好きなものを選んでくださいね」

ソフィア様は学生時代と変わらない明るい笑顔でカナン様を迎《むか》えた。

「私は、ショコラミントクッキーとマフィンを三袋《ふくろ》ずついただくのですわ！　後でレオナルド殿下とアリスに会いますので、二人にも一袋ずつお渡《わた》しいたします！」

「ありがとうございます」

ソフィア様が笑顔でカナン様が購入《こうにゅう》された品物を大袋に入れる準備をしている時に、出店の後ろから大きな咳《せき》が聞こえた。

驚いた私達が視線を向けると、ベンチにいるアルバート様が勢いよくむせていた。

「アルバート様！　大丈夫《だいじょうぶ》ですか⁉　きっとお菓子を一度にたくさんお口に詰《つ》めすぎてむせてしまったのですね。お水を飲んでください」

そう言ってソフィア様は慌ててお水を用意してアルバート様に渡した。アルバート様はソフィア様からいただいたお水をごくごく飲んで、やっと落ち着いたようだった。

「ソフィア様。ありがとうございます。養護院の子ども達と作ったというマフィンがあまりに美味《おい》しくてついつい夢中で食べすぎてしまいました」

そう言って照れくさそうに笑うアルバート様をソフィア様はとても温かい目で見つめていた。

……そんな微笑ましい二人の様子を見ているだけで、私もとても温かい気持ちになった。

「お似合いなのですわ！」

カナン様がそんなお二人の様子を見て叫《さけ》んだ。

それからお二人の前まで歩いて行って、アルバート様に向かって堂々と宣言をした。

「アルバート様！　もしもソフィア様を傷つけるようなことなどあれば、私は貴方《あなた》を一生許さないのですわ！」

アルバート様は突然のカナン様の登場に口をぽかんと開けて驚いていたけれど、すぐに真剣《しんけん》な顔になってカナン様と同じくらいの大声で叫んだ。

「僕はソフィア様と一緒《いっしょ》にいられるだけで幸せなので、ソフィア様にも幸せだと思っていただけるように全力で大切にします！」

その公衆の面前でのアルバート様の告白のような宣言に、出店にいた養護院の子ども達と妖《よう》精《せい》さん達が大盛り上がりになった。

「皆の前で告白だなんて物語みたいー」

「くっそぉ。僕が大人になったら絶対ソフィア様を取り返すんだ」

「ソフィア様とアルバート様お似合いー」

（ぽっちゃりってばやるー）

（ソフィアと同じ温かい空気だから、僕ぽっちゃりも好きー）

（マフィンを胃の中で十倍に膨《ふく》らませて、ぽっちゃりからぷくぷくに進化させてやろうか）

皆に囃《はや》し立てられてアルバート様は真っ赤になっていた。そしてその隣《となり》でソフィア様も白いはずの頬を真っ赤に染めていて、だけどとっても嬉《うれ》しそうに微笑んでいた。

「マーガレット。ここは僕もマーガレットへの愛を叫ぶべき場面でしょうか？」

そんなお二人の様子を見たルイスが、決意を固めたというような真顔で言い出すので私は慌てて止めた。

「ルイス。絶対にやめて。私達はすでに夫婦《ふうふ》なのだから公衆の面前で愛を叫ばなくても大丈夫よ！」

「夫婦だから愛を叫ばなくても良《い》いというのは論理的ではないと思いますが」

「えぇと……。私はすでにルイスの愛情を感じているから、私だけがそれを知っていたいから、皆様《みなさま》の前で叫んでいただきたくないの」

私の必死の言葉にルイスは顔を赤くした。私も自分の言葉に顔を赤くして、気づけばアルバート様とソフィア様と同じくらいに真っ赤になっていた。

（めがねとマーガレットもやるー）

（ぽっちゃりとソフィアに負けないくらい真っ赤だよー）

（眼鏡を十倍に膨らませて、スーパーめがねに進化させてやろうか）

ひとしきり養護院の皆の囃し立てが落ち着いた後で、顔色も元に戻《もど》ったアルバート様に向かってカナン様はまた宣言した。

「もしこれからアルバート様がソフィア様の将来の伴侶《はんりょ》として相応《ふさわ》しくない行動をとれば、私はどこにでも赴《おもむ》いてどんどん指摘《してき》していくのですわ！　覚悟《かくご》なさいませ！」

「アルバート様。カナン様はとても優《やさ》しい方ですし、決して間違《まちが》ったことは言いません。……少しだけ言葉はきついかもしれませんが、私の大切な方なんです」

カナン様の言葉や態度にアルバート様が委縮してしまうのではないかと憂慮《ゆうりょ》したのか、ソフィア様は優しくアルバート様に説明した。

アルバート様はそんなソフィア様に向かって優しく微笑んで、衝撃《しょうげき》の発言をした。

「ソフィア様。大丈夫ですよ。カナン様の勇敢《ゆうかん》なお姿は学生時代に何度も拝見していますし、実は僕の友人は『意地っ張りの天使に叱《しか》られたいの会』に所属しているんです。カナン様とお話ししたことを話したらきっと羨《うらや》ましがられると思うなぁ」


「貴方は何の話をしているのですか？　意地っ張りの天使？」

衝撃発言に驚《おどろ》いたカナン様が、素《す》でアルバート様に問いかけてしまっているわ。

だけど確かに『意地っ張りの天使に叱られたいの会』とは一体何かしら？　ルイスから以前『「カナン様に叱られたい」という願望を持つ方が、男女問わず一定数いる』という噂《うわさ》を聞いたことはあるけれど……。

私が考えている間に、なぜかソフィア様がとても慌ててカナン様とアルバート様の間に割って入っていた。


「何でもないんです！　あっ。カナン様！　もし良ければマカロンもあるので試食されませんか？　ほとんどシェフが作ったので売り物ではないのですが、養護院の皆と食べようと思って用意していたのです。カナン様もぜひぜひお召《め》し上がりください！　すぐに私が毒見しますので、モグモグ、ほら安全ですよ！」

そんなソフィア様の慌《あわ》てた様子にカナン様は戸惑《とまど》いつつもマカロンを食べた。そして食べた瞬間《しゅんかん》、

「美味《おい》しいのですわ！」

と叫んで『意地っ張りの天使』の件は一旦《いったん》忘れたようだった。

困惑《こんわく》する私の隣ではルイスが楽しそうに声を殺して笑っていた。ルイスはきっと何か知っているわね。後でこっそり教えてもらわなくちゃ。


「マーガレット。とてもキレイです」

フェスティバルの途中《とちゅう》で一旦モーガン伯爵家《はくしゃくけ》のお屋敷《やしき》に戻ってスピーチ用のドレスに着替《きが》えた私を見たルイスは、結婚《けっこん》して時が経《た》っても変わらない純粋《じゅんすい》な瞳《ひとみ》でまっすぐに私を見て、変わらない飾《かざ》らない言葉をくれた。

「……スピーチのこと、緊張《きんちょう》していますか？」

「……どうして？」

「顔がいつもよりほんの少し強張《こわば》っています」

「自分では分からないわ」

「きっと他《ほか》の方にも分からないと思います。……僕は、マーガレットのどんな些細《ささい》な変化も分かりたいと、いつも必死で貴女《あなた》を見つめていますから」

「……結婚して一年以上経っても？」

「何年経っても、僕はきっと必死でマーガレットを見つめています」

「……これから何年経っても……。どれだけ時が経っても、ルイスは変わらずに、誕生日にはマーガレットの花束を贈《おく》ってくれて、結婚記念日にはディナーに連れて行ってくれるの？」

「約束した通りです」

……そう。去年の誕生日に約束してくれた通りに今年も、誕生日当日にルイスは抱《かか》えきれないほどの大きなマーガレットの花束を贈ってくれた。

そして、花束と一緒にフェスティバルでのスピーチのためだという緑色のドレスも贈ってくれた。

「ねぇ。ルイス。……どうしてこの色のドレスを選んでくれたの？」

このドレスを受け取った時、目に飛び込んできたその美しい緑色に私の心は震《ふる》えた。その時にはどうしてもその色の理由を聞くことが出来なかった。だけどそのドレスに身を包んだ今、心と同じくらいに震える声でルイスに聞いた。

「……緑色に包まれていれば、マーガレットがスピーチの際に少しでも安心出来るかと思ったのです」

緑色は私にとって特別な色。

お母さまの形見のブローチの石の色。

そして、お父さまの瞳の色。

だけど、それは……。そのことは誰《だれ》にも知られてはいけないこと。……ルイスはきっとそのことに気付いているに違《ちが》いない。だけどもしそれを私の口から事実だと伝えたらルイスは……。許されない秘密を事実だと私自身が認めたらルイスは……。それでも私は、ルイスに、これから一生を共に過ごしていく相手に、これから一生を共に歩んでいきたいと自分で選んだ相手であるルイスにその真実を伝えなくてはいけない。……ううん。義務なんかではなく、ルイスだから。ルイスにだからこそ私は、誰にも明かせなかったその秘密を話したい。

「ルイス。……私は先日レオナルド殿下《でんか》に、『妹が聖女だからと婚約破棄《こんやくはき》されましたが、私は妖精《ようせい》の愛《いと》し子です』と告白したわよね？　だけど……ルイスにだけは、その言葉を言い直させてほしいの」

声が震えてしまうことを止めることはできなかった。だけど必死でルイスの瞳を見つめて、私は今度こそ何の偽《いつわ》りもない真実の言葉を紡《つむ》いだ。

ずっと誰にも言えなかった私の二つの秘密が詰《つ》まったその真実の言葉を。

「義妹《ぎまい》が聖女だからと婚約破棄されましたが、私は妖精の愛し子です」

私の必死の言葉を聞いても、ルイスの表情は少しも変わらなかった。

ただその言葉を聞く前と同じように私を見つめて、ルイス自身の言葉を返してくれた。

「マーガレットは、十六歳のお誕生日の時に『私が公爵令嬢《こうしやくれいじよう》でなくてもお祝いの言葉をくれましたか？』と僕に聞きましたよね？　そして先日も僕に同じ質問をしました」

そうだわ。私はルイスに同じ質問を……。たとえ私が公爵令嬢でなかったとしても、ルイスが変わらず私を想《おも》ってくれていたのか……。でもそれはルイスを信頼《しんらい》できなかったわけではなくて、きっと自分自身が公爵令嬢でないことに不安だったから……。公爵令嬢でない、本当の意味でソルト王国の人間ではない、そんな自分自身の存在が不安だったから。

「マーガレット。どうか僕を信じてください。僕のマーガレットに対する気持ちは、マーガレットが何者であっても何も変わりません。マーガレットはマーガレットです。妖精の愛し子でも、聖女でも、公爵令嬢でなかったとしても。僕の願いはいつだって一つだけです。僕は、マーガレットが幸せならそれでいいのです。叶《かな》うなら、僕の隣《となり》で」

ルイスのその言葉は私の心に沁《し》み込んで。

たまらなくなって。どうすればいいかわからなくなって。この気持ちを言葉では表すことができなくて。どんなに素晴《すば》らしい恋愛《れんあい》小説のどんなに素敵《すてき》な言葉を使っても、それでも私の今の気持ちには当てはまらなくて。どうしようもなくたまらなくなって。

私は、ルイスを抱《だ》きしめた。

「マ、マ、マーガレット⁉　どっどうしたのですか⁉　マーガレットの方から抱きしめてくださったことなどないので……心臓が……止まりそうです……」

「嬉《うれ》しくて……。ただただ嬉しくて……。この気持ちをルイスに伝えたくて。でも……この気持ちを表す言葉を私は持っていなくて……。だから……」

「……マーガレット。ありがとうございます。どんな言葉よりもずっと伝わりました」

「ルイスは私の特別だから。言葉では表現できないけど、でも、ルイスは私の唯一《ゆいいつ》で、特別なの」

「僕もたくさんの言葉は持っていませんが、それでもこの気持ちをマーガレットに伝えたいのです」

そう言ってルイスも私を力強く抱きしめた。

ルイスの温かい胸に包まれていると、私の胸から十六歳の誕生日にお母さまのお手紙を読んで以来誰にも言えず痞《つか》えていた黒い何かが流れていくのを感じた。

「……本当はやっぱり不安なの。王族でもないのに国民の皆様《みなさま》に向けてスピーチをするだなんて……」

痞《つか》えとともにスピーチに対する心の底にあった不安を私はルイスに吐《は》き出した。

「……大丈夫《だいじょうぶ》で……大丈夫だよ。マーガレットなら出来るから」

ルイスはそう言いながら、私の頭を撫《な》でてくれた。

「マーガレットなら出来るよ。マーガレットの想《おも》いを素直《すなお》に話してきてくだ……話せばいいから」

「私なんかの言葉で本当に救われる誰かがいるのかしら？」

「……少なくとも僕はマーガレットの言葉が誰かに響《ひび》くと信じているよ」

「ドレスだって本当はさっきのワンピースのままがいいのかもしれないと不安なの」

「どうして？」

「スピーチを聞いてくださるのはきっと平民の皆さんが多いでしょう？　高価なドレスを着ていて不快に思われないかしら？」

「ありのままのマーガレットで大丈夫だよ。服装なんか関係ない。今のマーガレットがマーガレットとして舞台《ぶたい》に立てばいいんで……いいんだよ」

「私の言葉を聞いて不快になる方がいたらどうしよう」

「すべての人間に届く言葉なんてきっと存在しないから、もしかしたらそういう方もいるかもしれま……しれないけれど……。それでもマーガレットの言葉を聞きたいと願っている人間もたくさんいるから、その方達に向けてどうかマーガレット自身の言葉を伝えてあげてほしい」

誠実に紡がれるルイスの言葉は、私の不安を一つ一つはらってくれた。ルイスが言葉を発するたびに撫でられる頭から伝わる体温が温かくて、こんな時なのに心地《ここち》よいと思ったの。

「……ねぇ。どうしてさっきから無理して敬語を使わないようにしているの？」

「僕は恋愛小説は読んでいませんし、きっとマーガレットの胸をときめかせることが出来るような綺麗《きれい》な単語も知りません。それでもマーガレットだけが僕の特別だとどうにか伝えたくて……。マーガレットは初めて自分から僕を抱きしめてくれました。だから僕もこの気持ちを伝えるために、敬語ではなくマーガレットと話したいと思ったので……思ったんだ」

まだまだぎこちないけれどルイスが敬語を使わない相手は世界でたった一人、私だけ。疑いもなく私はルイスにとって特別なんだと実感できた。

私はもう何度も何度も心の中で思ってきたことを、改めて思った。

あぁ。なんて愛《いと》しいのかしら。

スピーチに対する不安はもうなかった。それよりもルイスに対する愛情の方がずっと私の胸を占《し》めていたから。

「私は、このような場所でスピーチをすべき人間ではきっとありません」

ルイスの贈《おく》ってくれた緑色のドレスに身を包んだ私は、フェスティバルの中心である広場にある舞台の上で、スピーチを始めた。

舞台の前にはたくさんの国民の皆様がいらしてくださっていた。その最前列で、ルイスと、カナン様とソフィア様にアルバート様が、真剣《しんけん》な顔で私を見守ってくださっていた。舞台の後ろではレオナルド殿下と婚約《こんやく》者のアリス様が見守ってくださっている。きっとルイスのお父様やお母様に、シャーロットやシェフもどこかでこのスピーチを聞いてくれている。それに……お父さまも。

「それでも、私は今日この場所で自分の気持ちを皆様に伝えることを決心しました。もしもたった一人でも、この世界にたった一人だけでも、私の話を聞いて希望を持てる方がいるのなら、その方のために私はこの場所で話をしたいと、そう思ったのです」

身体《からだ》の震《ふる》えを抑《おさ》えるように、私は深呼吸をして言葉を続けた。

「まだ幼い頃《ころ》の私はいつも無邪気《むじゃき》に笑っていました。温かいご飯や美味《おい》しいお菓子《かし》をお腹《なか》いっぱいになるまで食べて、お母さまに愛されて、そのことを幸せだと気付くこともなく毎日を過ごしていました。……そんな幸せな日々が終わりをつげて、成長していく中で心を殺して辛《つら》いことが終わる時間をただただ耐《た》えるようなこともありました。自分にとってたった一人の目の前にいる人と心を通わせられないこともありました。その時の私にとってはたった一つのブローチだけが宝物で、それすらも奪《うば》われそうになったこともありました。……けれど、私はどんな時でも独りぼっちではありませんでした」

私は、空を見上げた。そこには私が幼い頃からずっと寄り添《そ》ってくれた明るい笑顔《えがお》が三つ、何も変わらずに私を見つめてくれていた。

（私たちはいつもマーガレットと一緒《いっしょ》なのー）
（ずっとずっとマーガレットと一緒だよー）
（マーガレットを独りぼっちになんてさせるはずがないと何度でも言ってやろう）

「何を幸せだと感じるかは人によって違《ちが》いますし、同じ人間でも環境《かんきょう》や経験によって幸せの基準が変わることもあります。私がお母さまと過ごした幼少期を振《ふ》り返ってとても幸せだったと感じるように、その時には気付いていなかった当たり前の日常を後から幸せだったと感じることもきっとあります」

命が尽《つ》きるその最期《さいご》の瞬間《しゅんかん》まで私の幸せを祈《いの》り続けてくださったお母さまに、今の私はとても幸せなのだと伝えたい。そして、お母さまと過ごした時間もかけがえのない、間違いなく幸せな時間だったと、もう決して叶《かな》うことはないけれど、私を愛してくださったお母さまに、私に幸せを与《あた》えてくださったお母さまに、感謝を伝えたいの。

「今の私が日常を幸せだと思えるのは、愛されない寂《さび》しさを知ったからです。今の私が温かいご飯をお腹いっぱい食べられるそのことを幸福だと思えるのは、私が空腹でもご飯を食べられない辛さを知ったからです。私が当たり前だと思っていた日常は、本当は当たり前なんかではなくとても幸せなものだったのだと、失って初めて、私は気付くことができたのです」

もしかしたらどこかでこのスピーチを聞いているかもしれないシルバー公爵《こうしゃく》家のお父様と義《ぎ》母《ぼ》のことを久しぶりに思い出した。家族のはずなのに愛されない苦しさや、お父様が外泊《がいはく》をされた時には食事を与えられなかった悲しさを私はそっと吐《は》き出した。それでも私には妖精《ようせい》さん達がいてくれた。家族のはずのお父様と義母よりも彼らはずっと私を愛してくれた。私がお腹を空《す》かせているとそっとお菓子を持ってきてくれた。彼らがいたから生きてこられた。

……だけどもし彼らがいなかったら？　私と同じ思いをしていて、妖精さん達のいない生活に耐えている誰《だれ》かがどこかにいたとしたら？

「現状がどんなに苦しくても、必ず未来は開けます。私に手を差し伸《の》べてくれた友人がいたように。私にも新しい家族ができたように。だからどうか皆様《みなさま》も、どうか希望を諦《あきら》めないでください。苦しい時は苦しいと、悲しい時は悲しいと、どうか声をあげてください。自分では気付いていなかった味方がきっといるはずです。自分には助けてくれる人なんて誰もいないだなんて諦めないでください。その声はきっと届きます。必ず誰かに届きます。世界中にたった一人だけでも貴方《あなた》の声が届く人が必ずどこかにいるはずです。だからどうか声をあげてください」

震える手のひらをそっと押さえて、私はまた前を向いた。

「この世界のどこかで苦しんでいる誰かのために、本当の意味で私に出来ることはもしかしたら何もないのかもしれません。それでも私はいつだって祈っています。どうか生まれ育ったソルト王国の皆様が、お母さまの出身であるオルタナ帝国《ていこく》の皆様が、私の知らないこの世界のどこかで暮らす皆様が、どうかいつも笑顔でいられますように。どうかこの世界が、溢《あふ》れる笑顔で満たされますように。私はいつまでも祈り続けます」

つたない言葉で、気持ちの半分も上手《うま》く伝えられてはいないかもしれないけれど、それでも私は今の私に言葉に出来る精一杯《せいいっぱい》の気持ちをスピーチに込めた。体は未《いま》だに震えているし、すぐにでもルイスに頭を撫《な》でてほしいけれど、それでも私は嘘偽《うそいつわ》りのない自分自身の気持ちを言葉にして伝えたの。

不安に思う私の耳に、溢れるほどの拍手《はくしゅ》の音が聞こえてきた。目の前には、惜《お》しみない拍手を贈ってくださる国民の皆様がいた。

全員を満足させられる言葉なんてない。誰かにとっては忘れられない大切な言葉でも、他《ほか》の誰かにとってはくだらないどうでもいい言葉にすぎないかもしれない。それでもたった一人だけにでもいいから私の言葉がもしも届いたのなら、私は勇気を出してこの場に立って本当に良かったと心からそう思えるの。

(私たちに魔法《まほう》が使えなくても側《そば》にいるだけで幸せってマーガレットは言ってくれるの━)

(だけど僕たちはマーガレットのためならどんな魔法だって使えるの━)

(我々の愛情を形にしてやろう)

刹那《せつな》、結婚《けっこん》式の日と同じように青空からマーガレットの花びらが降り注いだ。

「マーガレット様。とても素晴《すば》らしいスピーチだったよ」

「本当に。とても感動しました」

舞台《ぶたい》裏に戻《もど》った私を迎《むか》えてくれたのは、私のスピーチを見守ってくれていたレオナルド殿下《でんか》とアリス様だった。

「レオナルド殿下。アリス様。過分なお言葉をありがとうございます」

「こんな風に自分の目でソルト王国民の溢れる笑顔を見ることが出来て、とても嬉《うれ》しいよ！」

レオナルド殿下はいつものように輝《かがや》く瞳《ひとみ》でキラキラと私を見つめてくださった。

（レオも舞台に行くのー）

（皆《みんな》がレオを待ってるよー）

（クソ王子との格の違いを思い知らせてやればいい）

「えっ？　僕は舞台には立たないよ？」

突然《とつぜん》の妖精さん達の言葉に、レオナルド殿下が珍《めずら》しく慌《あわ》てて声をあげた。そんなレオナルド殿下を見て、隣《となり》にいたアリス様はとても驚《おどろ》いた顔をしていた。……アリス様には妖精さん達が見えていないから、突然レオナルド殿下が独り言を言ったように見えてしまっているのだわ。

「レオナルド殿下。ぜひレオナルド殿下からも国民の皆様に言葉をかけてさしあげてください」

私はレオナルド殿下をフォローするように自然に言葉を続けた。アリス様は首を傾《かし》げながらも私達の様子を見守っていた。

（しょこら、みんと。手伝ってー）

（いいよー）

（レオを舞台にひとっ飛びさせてやろう）

（（せーの!!））

妖精さん達の掛《か》け声とともにレオナルド殿下が私達の目の前から消えた。

「レオナルド様っ⁉」

驚いて心配をするアリス様に私は出来るだけ落ち着いた声で話しかけた。

「アリス様。大丈夫《だいじょうぶ》です。舞台を見てください」

私の言葉に恐《おそ》る恐る舞台に視線を向けたアリス様は、先ほどまで目の前にいたはずのレオナルド殿下が舞台の上に立っている姿を見て目を見開いた。

広場に集まっていた国民の皆様も、突然人間が舞台の上に現れたことにとても驚いて戸惑《とまど》っていた。だけど、誰かが『レオナルド殿下だ』と声をあげると、その戸惑いは歓声《かんせい》に変わった。

舞台の上で、私の時よりもずっと大きい歓声と拍手に包まれたレオナルド殿下に向かって妖精さん達がまた言葉を掛けた。

（皆レオを待ってたのー）

（レオは皆のヒーローだからー）

（民衆の声を聞かせてやろうか）

歓声と拍手が大きすぎて一人一人の声なんてまったく聞こえない状況《じょうきょう》だったのに、妖精さん達の言葉の後で突然音がまったく聞こえなくなった。

そして、一人一人の声が響《ひび》いてきた。


「ありがとうございます。ありがとうございます。フェスティバルに向けて仕事を得られたおかげで今日も食事ができます」

「養護院の皆で作ったバナナケーキがたくさん売れたから今度新しいノートを買ってくれるってシスターが言っていたの」

「自分には才能なんかないと歌手になる夢を諦めるために今日の舞台を最後にしようと思っていたけれど、才能を認めてくれる人がいた！　すべては私にチャンスを与《あた》えてくれたこのフェスティバルのおかげだわ」

国民の皆様が潤《うるお》うためにとレオナルド殿下が実行したフェスティバルは、確かに国民の皆様に大切なものを与えてくださった。そしてそんなレオナルド殿下に対する国民の皆様からの感謝の気持ちは、今しっかりとレオナルド殿下に届いたのだわ。

「ありがとう。僕にはまだまだ力が足りないところもあるけれど、僕が、僕の信頼《しんらい》できる頼《たの》もしい王宮のメンバーが、ソルト王国民全員の人生を背負うから。ソルト王国民全員が豊かに暮らせるようにもっとたくさんの施策《しさく》を考えていくから。どうかこれからも僕達を信じて協力をしてほしい。苦しんでいることがあれば声をあげてほしい。僕はソルト王国民の誰《だれ》一人見捨てたりしない」

広場には、ソルト王国の王太子であるレオナルド殿下の力強い声が響き渡《わた》った。

レオナルド殿下の言葉に、今日一番の大歓声と拍手が鳴り響いた。

「レオナルド様……」

隣でアリス様が感動したように呟《つぶや》いた。

私はそんなアリス様を笑顔《えがお》で見つめた。私の視線に気付いたアリス様は、はにかんで顔を伏《ふ》せた。

「レオナルド殿下はとても素敵《すてき》な婚約《こんやく》者ですね」

そんな私の言葉に、アリス様は私の顔を見て静かに語りだした。

「……最近たまにとても不思議なことが起こるのです。……信じられないかもしれないのですが、たとえば紅茶を飲んでいるのにコーヒーの味がしたり……。それはもしかしたら些細《ささい》なことなのかもしれませんが、私はそんな事象が怖《こわ》かったのです。けれどレオナルド様が『それは幸せな奇跡《きせき》だから怖くないよ』と笑ってくださったので、安心することが出来ました。レオナルド様は、常にソルト王国民の皆様《みなさま》のことを考えていらっしゃいます。それに王命で結ばれたに過ぎない私のこともとても大切にしてくださいます。……私はまだまだ未熟で、決して完璧《かんぺき》とは言い難《がた》い婚約者ですが、それでもいつの日かレオナルド様の隣で胸を張って立てるように、これからも日々精進《しょうじん》をします」

いつもは儚《はかな》い印象のアリス様がとても頼もしく見えた。そんなアリス様の姿は、舞台の上で未《いま》だ歓声と拍手《はくしゅ》に包まれるレオナルド殿下ととてもお似合いに思えた。

「くっきー、しょこら、みんと。フェスティバルでの私のスピーチがソルト王国の皆様全員の頭に響いていたというのは、もしかしなくても貴方《あな》達《た》の仕業《しわざ》ね？」

スピーチから数日後の穏《おだ》やかな昼下がりに、ルイスからとんでもない事実を教えてもらった私は妖精《ようせい》さん達に詰《つ》め寄った。

（私たち悪いことなんてしてないよー）

（マーガレットの言葉を皆に届けたかっただけだよー）

（後《おく》ればせながらオルタナ帝国《ていこく》の筋肉王子にも届けてやろうか）

「広場にいらした皆様の前でお話をするだけであんなに緊張《きんちょう》していたのに、まさか国民全員に声が届いていただなんて……」

「僕はマーガレットのスピーチが広場にいた方達にだけではなく、ソルト王国の皆様に届いて良かったと思いま……思うよ」

ルイスはそう言って私の頭を撫《な》でた。

(最近めがねが積極的ー)

(えろめがねー)

(眼鏡をピンク色に染めてやろうか。ついでにオプションで髪《かみ》もピンク色に染め上げてやろうか)

妖精さん達の言葉に、私の頭を撫でていたルイスの手が止まった。

「くっきー様。確かに最近の僕は積極的に自分の気持ちをマーガレットに伝えていますが。しょこら様。決してえろめがねなどではありません。みんと様。僕の大切な眼鏡の色を変えようとするのはやめてください。そしてオプションも辞退させていただきます」

(めがねがまた難しいこと言ってるー)

(えろめがねはえろめがねだよー)

(ピンクが不満なら久しぶりに七色にしてやろうか)

「以前眼鏡が突然《とつぜん》七色になったのは、みんと様の仕業だったのですね。あの時は突然の出来事にとても驚《おどろ》いたとともに、大切な眼鏡が七色になってしまい大変なショックを受けました」

（ご要望にお応《こた》えして懐《なつ》かしの七色眼鏡を味わわせてやろう）

「決して要望していません」

むきになるルイスを余所《よそ》に、妖精さん達はいつもみたいに楽しそうにはしゃいで私達の周りを飛び回った。

「それからマーガレットのスピーチの後で降り注いだマーガレットの花びらは、また世界中に飛んで行ったよう……だよ」

なんとかみんとに眼鏡の色と髪の毛を七色にされてしまうことを阻止《そし》したルイスが、いつも通りの冷静さに戻《もど》って言った。

「そしてソルト王国内では、手元に舞《ま》い落ちた花びらが薬やパンや金貨ではなく一輪のマーガレットの花に変わった人間の数が、一年前に比べて増えていたようだよ」

「ソルト王国で、病《や》める方や、飢《う》える方や、窮《きゅう》する方、そんな風に苦しむ方の数が減ったことは、レオナルド殿下《でんか》の施策のおかげね」

「フェスティバルは年に一度しかないけれど、もっと恒常的《こうじょう》に国民の皆様を潤わせることができるような新しい施策を考えるんだとレオナルド殿下が張り切っていまし……いた……よ？」

「レオナルド殿下ならきっと素晴《すば》らしい施策を実行してくださると信じているわ」

「僕も、レオナルド殿下と一緒《いっしょ》にソルト王国民の皆様の人生を背負っていきたいと思っていま……いるんだ」

「私も一緒に背負うわ。ルイスが背負っているものを一緒に背負わせてほしいの」

「ありがとう。マーガレットが側《そば》にいてくれるだけで心強いで……心強い……よ？」

「ふふっ」

「マーガレット。笑わないで……。たとえマーガレットの前だけだとしても、十七年間慣れ親しんだ敬語を使わないということは、想像以上に僕には難しいので……難しいんだ……」

「不器用でぎこちないその言葉《ことば》遣《づか》いさえも、愛《いと》しいと思うわ」

私はルイスに向かって微笑《ほほえ》んだ。ルイスも私に向かって微笑んだ。

それから私の頭を撫でながら何度も言ってくれた。

「スピーチよく頑張《がんば》ったね」

ルイスのその言葉は、その手のぬくもりは、それは泣きたくなるほどの安心感だった。

ソルト王国民の皆様の前でのスピーチだなんてとても緊張した。本当はとても不安だった。

それでも、それを認めて、無条件で褒《ほ》めてくれるこの世界でたった一人の人がいるから。だから、私は頑張ることができたの。頑張って良かったと、心から思ったの。


ルイスとの結婚《けっこん》式の思い出は私にとっていつまで経《た》っても色褪《いろあ》せることはなくて、結婚式の日は物語のハッピーエンドだと思えるほどに今でも変わらず幸せだった。

だけど、ハッピーエンドのその後も私達の人生はずっと続いていく。


たとえば年を重ねても毎年結婚記念日には、ルイスと一緒に結婚式の年のワインを飲んでいたけれど、ある年だけ私がワインを飲めない年があったように。

たとえば誕生日に贈《おく》られる抱《かか》えきれないほどのマーガレットの花束に、子ども用の小さなブーケが添《そ》えられる日がくるように。

たとえばルイスのお誕生日に贈るショコラミントクッキーの中に一所懸命《いっしょけんめい》作った小さくてい

びつな形のものが交ざるようになる日がくるように。

私達の人生はハッピーエンドで終わりなんかではなくて、これからもずっと続いていく。

ソフィア様の物語も、カナン様の物語も、レオナルド殿下の物語も、私の知らないところでもたくさんの物語が続いていく。

たとえば少し悲しいけれど私が死んだ後だって、新しい妖精の愛し子のもとで、くっきー、しょこら、みんとの新しい物語が続いていくかもしれない。

その一つ一つを愛しいと、大切にしたいと思えるから。

どうかこの世界が溢《あふ》れる笑顔《えがお》で満たされますようにと、私はこれからもずっと祈《いの》り続ける。

そして、祈りを続ける私の胸にはいつだって愛しい彼らの声が響《ひび》き続けるの。

(私たちはずっとマーガレットと一緒だよー)

(いつだって僕たちはマーガレットの味方なのー)

(寂《さび》しいなんて感じる暇《ひま》もないくらいずっと一緒にいると誓《ちか》ってやろう)

～ happily ever after 続いていく人生がこれからもずっと幸せでありますように ～

特別短編　ハッピーエンドのそのあとで

「ソフィア様とてもキレイだわ！」

ウェディングドレス姿のソフィア様を見て、私は思わず感動の声をあげてしまった。私の隣《となり》ではルイスも嬉《うれ》しそうに笑っていた。

「ソフィア様もアルバート様もとても幸せそうだね」

ルイスの言う通り、私達の目の前には、とても幸せそうに微笑むお二人が、ウェディングドレスと蝶《ちょう》ネクタイのタキシード姿で並んでいた。

（今日は幸せな日なのー）

（僕たちソフィアとぽっちゃりも好きなのー）

（祝いのシャンパンはちみつタワーで一晩中躍《おど》らせてやろうか）

そんなソフィア様とアルバート様の姿を見て、くっきー、しょこら、みんとの三人の妖精《ようせい》さん達もとても嬉しそうだった。

ソフィア様とアルバート様の結婚式は、ホワイト男爵《だんしゃく》家とロバーツ子爵家のご親族だけですでに行われていた。今日は、身分に関係なくお二人の親しい人間を招いたウェディングパーティーなのよね。乾杯《かんぱい》の後は、招待客達は立食で自由にお酒やお食事を楽しんで、主役のお二人は順番に皆様《みなさま》にお声をかけてまわっていた。

「シャ、シャ、シャ、シャーロット！　ひっ、久しぶり！」

乾杯のシャンパンですでにほんのり顔を赤くしたルイスと話をしていた私の耳に、聞き覚えのある声が聞こえてきた。

「料理長。お久しぶりです」

声の方に視線をやると、そこには顔を真っ赤にしたシルバー公爵家の元料理長と、笑顔のシャーロットがいた。

「シャ、シャ、シャ、シャーロット！　こっ、こっ、今度、わっ私《わたくし》めの作ったり、り、り、り、料理を！　一緒《いっしょ》にたっ食べないか？」

「料理長のお料理ですか？　とても楽しみです」

「……えっ？　本当に？　シャーロットが私めの料理を楽しみ……？」

「料理長がソフィア様達とお菓子《かし》を開発されていただなんて初めて聞いた時は本当に驚《おどろ》きました。私もぜひ仲間に入れてほしいなと思っていたんです」

「……なかま……」

「料理長はソルト王国滞在《たいざい》中はシェフのお家に泊《とま》っているのですよね？　料理長とシェフの都合の良い日を教えてください。私はソフィア様とマーカスの予定を確認《かくにん》しますね」

……これは……。元料理長からデートに誘《さそ》われたことにシャーロットはまったく気付いていないわね……。元料理長が燃え尽《つ》きた灰みたいに真っ白になっているわ。

「今夜はとことん飲みましょう」

真っ白になった元料理長の肩《かた》に、一部始終を見ていたであろう少し涙《なみだ》ぐんだシェフが手を乗せて慰《なぐさ》めていた。

「ルイス様！　いつかのように今日も一緒にシャンパンを酌《く》み交《か》わすのですわ！」

私とルイスの前に現れたのは、すでに顔を赤くしたカナン様だった。同じくいつの間にか赤い顔になっていたルイスは、眼鏡をくいっと押し上げてドヤ顔で言った。

「カナン様。僕は、結婚記念日にマーガレットと一緒にワインを一本飲める男なのです」

カナン様とルイスは楽しそうに二人で乾杯を始めた。以前、酔《よ》っ払《ぱら》った二人の会話がとても楽しかったので、私は止めることなく思わず見守りたくなってしまった。そこにルイスと一緒にレオナルド殿下《でんか》の側近となったバオン様が声をかけてきた。

「ルイス。カナン様。せっかくのお祝いの席で泥酔《でいすい》はマナー違反《いはん》ですよ？」

「バオン様。私は少しも酔ってなどいないのですわ！」

「大切な友人の一生に一度のウェディングパーティーの思い出を、酔っ払って忘れてしまうのは悲しいとは思いませんか？」

バオン様にまっすぐに見つめられて、カナン様は照れくさそうに視線を逸《そ》らして呟《つぶや》いた。

「……ミネラルウォーターをいただくのですわ」

「ノンアルコールのワインカクテルもあるようですよ」

バオン様は微笑《ほほえ》んでカナン様にノンアルコールドリンクの説明を始めた。

「……バオン様には、婚約者《こんやく》がいらしたわよね？」

とてもお似合いのお二人の様子に思わず呟いてしまった私の言葉を、ルイスが優《やさ》しく拾った。

「バオンの婚約は解消されたよ」

「……えっ？」

「詳《くわ》しくは話せないけれど……バオンの元婚約者は、今ではオルタナ帝国《ていこく》のオリバー殿下の婚約者候補になっているから」

突然《とつぜん》出てきた意外な人物の名前とあまりのことに、私は思わず絶句してしまった。

「美味《おい》しいのですわ！」

だけど、バオン様から勧《すす》められたノンアルコールカクテルをとても嬉しそうに飲んでいるカナン様を見ていたら、なんだかとても幸せな気持ちになった。

「マーガレット様。ルイス様。今日はお越《こ》しくださいまして本当にありがとうございます」

「ソフィア様。アルバート様。本日は本当におめでとうございます！　アルバート様は、大丈夫《だいじょうぶ》でしたか？」

アルバート様は、先ほど友人達に勧められて食べたウェディングケーキを喉《のど》に詰《つ》まらせていた。

「お恥《は》ずかしいところをお見せしてしまいすみません。今日のウェディングケーキもソフィア様の手作りだったので、嬉しくてつい口に頬張《ほおば》りすぎてしまいました」

恥ずかしそうに言うアルバート様を、ソフィア様はとても愛《いと》しそうに見つめていた。

私は、そんなソフィア様をそっと見守る緑色の瞳《ひとみ》に気付いた。執事《しつじ》……お父さまは、幸せそうなソフィア様を見つめて、とても幸せそうに微笑んでいた。

「大切な皆様の笑顔《えがお》が溢《あふ》れている、今日は私にとってとても特別な日だわ」

思わず溢れた私の言葉に、ルイスは笑顔で頷《うなず》いてくれた。

「自分ではない誰《だれ》かの幸せを心から喜べるマーガレットだから、僕はマーガレットと一緒に生きていきたいと思ったんだ」

私達はそっと手を繋《つな》いだ。

あとがき

本作をお読みくださいましてありがとうございます。桜井《さくらい》ゆきなと申します。

一巻、二巻に引き続き、皆様《みなさま》とまたお会いすることが出来てとても嬉《うれ》しいです。まさか三巻まで書籍《しょせき》化していただけただけでなく、コミックも同月に発売していただけるなどと、一巻を執筆《しっぴつ》していた時は想像すらしていませんでしたので、喜びで打ち震《ふる》えています。すべては、この作品を愛してくださった皆様のおかげです。

皆様にこの作品を手にとっていただけるきっかけとなったのは、とても素敵なイラストのおかげだと思っております。白谷《しろや》ゆう先生、ありがとうございます。

また、プロットさえ書いたこともなかった私を導いて未熟な本作を三巻まで辿《たど》り着《つ》かせてくださいました担当様、編集部の皆様、デザイナー様、校正様、印刷所の皆様、この本の製作に携《たずさ》わってくださいましたすべての皆様に心から御礼《おれい》申し上げます。

そして、どんな時でも私を支えてくれた家族にも感謝を伝えさせてください。

三巻では、相変わらず自由に飛び回る妖精《ようせい》さん達や、酔《よ》っ払《ぱら》っているルイスとカナンを書くのがとても楽しかったです。また、『妖精の愛し子』としてのマーガレットの成長もテーマとなっておりますので、本作を通して、マーガレットが成長したなと少しでも皆様に思っていただけましたら嬉しいです。

私自身もただただ書くのが楽しくてWEBで連載《れんさい》していた時から、どう表現すれば伝わるか、この文章を読んだ皆様がどう感じるか、考えながら執筆をするようになり、本作を通して成長ができたと感じております。

～happily ever after～この世界に溢《あふ》れるたくさんの素敵な物語の中からたった一つのこの物語を見つけてくださった皆様が、これからもずっと幸せでありますように。

いつかまた皆様と出会えることを願っております。

本当にありがとうございました。

桜井ゆきな

「義妹が聖女だからと婚約破棄されましたが、私は妖精の愛し子です3」の感想をお寄せください。
おたよりのあて先
〒102-8177 東京都千代田区富士見2-13-3
株式会社KADOKAWA 角川ビーンズ文庫編集部気付
「桜井ゆきな」先生・「白谷ゆう」先生
また、編集部へのご意見ご希望は、同じ住所で「ビーンズ文庫編集部」
までお寄せください。

義妹《ぎまい》が聖女《せいじょ》だからと婚約破棄《こんやくはき》されましたが、私《わたし》は妖精《ようせい》の愛《いと》し子《ご》です3

桜井《さくらい》ゆきな

角川ビーンズ文庫 23278

令和4年8月1日 初版発行

発行者――青柳昌行
発 行――株式会社KADOKAWA
〒102-8177 東京都千代田区富士見2-13-3
電話 0570-002-301(ナビダイヤル)
印刷所――株式会社暁印刷
製本所――本間製本株式会社
装幀者――micro fish

●お問い合わせ
https://www.kadokawa.co.jp/ (「お問い合わせ」へお進みください)
※内容によっては、お答えできない場合があります。
※サポートは日本国内のみとさせていただきます。
※Japanese text only

ISBN978-4-04-112802-2C0193 定価はカバーに表示してあります。
◇◇◇

角川ビーンズ小説大賞
原稿募集中！
君の〝物語〟がここから始まる！
角川ビーンズ
小説大賞が
パワーアップ！
https://beans.kadokawa.co.jp
詳細は公式サイトでチェック!!!
【一般部門】&【WEB テーマ部門】
賞金 大賞 100万円
優秀賞 30万円
他副賞
締切 3月31日
発表 9月発表（予定）
イラスト／紫　真依